文化怒江

中共兰坪县委宣传部 编

兰坪

云南出版集团
云南人民出版社

图书在版编目（CIP）数据

文化怒江. 兰坪 / 中共兰坪县委宣传部编. -- 昆明：云南人民出版社，2022.3
ISBN 978-7-222-20806-3

Ⅰ. ①文… Ⅱ. ①中… Ⅲ. ①散文集 – 中国 – 当代 Ⅳ. ① I267

中国版本图书馆 CIP 数据核字 (2022) 第 030947 号

出 品 人：赵石定
责任编辑：刘　焰
助理编辑：李　平
装帧设计：熊·小熊
责任校对：解彩群
责任印制：窦雪松

文化怒江·兰坪

中共兰坪县委宣传部　编

出版：	云南出版集团　云南人民出版社	发行：	云南人民出版社
社址：	昆明市环城西路 609 号	邮编：	650034
网址：	www.ynpph.com.cn	E-mail：	ynrms@sina.com

开本：787mm×1092mm　1/16　　印张：17.5　　字数：270 千
版次：2022 年 3 月第 1 版第 1 次印刷
印刷：云南出版印刷集团有限责任公司国方分公司

书号：ISBN 978-7-222-20806-3　　定价：79.00 元

如需购买图书、反馈意见，请与我社联系
总编室：0871-64109126　发行部：0871-64108507
审校部：0871-64164626　印制部：0871-64191534

版权所有　侵权必究　印装差错　负责调换

云南人民出版社微信公众号

本卷编委会

本卷撰稿 和四水　蔡武森　和瑞梧　和中健
本卷摄影 蔡武森　李松发　李绍智　罗德胜
　　　　　李叶宝　张金矗　和利全　和春武
　　　　　杨彦斌　吴世平　杨金山　张金国

总 序

怒江傈僳族自治州（以下简称怒江州或怒江）是中国唯一的傈僳族自治州。它位于我国的滇西北，地处东经98°07′—99°39′、北纬25°33′—28°28′，土地面积14703平方千米。它北连西藏自治区察隅县，南至保山市腾冲市，东靠迪庆州德钦县、维西县，丽江市玉龙县，大理州云龙县、剑川县，西邻缅甸，辖区内国境线长450千米，是滇西北重要的屏障。高黎贡山、碧罗雪山、云岭、担当力卡山纵贯境内，怒江、澜沧江、独龙江"三江并流"在其间，"四山夹三江"构成了怒江州典型的峡谷地形地貌。傈僳族、怒族、独龙族、普米族、白族、汉族等22个民族在这里繁衍生息，他们在长期的生产生活过程中创造了丰富独特的民族文化，这些文化是怒江各族人民在高山峡谷间繁衍生息的重要精神支柱。怒江各族人民既崇尚自然，又善于利用自然，并与大自然和谐相处，这也拓展和提升了怒江文化的内涵和外延。徜徉在怒江文化的长廊中，那博大精深的多元文化让人慨叹。峡谷怒江天之湛蓝、水之清澈、山之黛绿、林之葱郁、花之娇艳、气候之立体多样、空气之清新宜人，实在令人神往。峡谷怒江，的确是体验民族文化的自然会所和旅游云南的终极地，也是现代人健康生活的最佳选择。

峡谷怒江，人类家园。兰坪县通甸镇玉水坪村玉

水坪文化遗址出土的文物（经最新的科学检测已有9000多年的历史），金顶马鞍山的石器遗址，福贡腊斯底、吴符崖画以及高黎贡山上那轮永不陨落的"石月亮"……无一不是人类早期于怒江峡谷活动的见证。扶永发在《神州的发现》一书中提出今兰坪县金顶镇一带是黄帝故里的重要论断，足以窥见人类在怒江峡谷的活动时间之久远，使人产生深度探究的冲动。

峡谷怒江，养心天堂。生活在怒江，是幸运的，也是幸福的。这里的天是蔚蓝无垠的，生活在这里，白云有时在你头顶飘荡，有时又在你的脚下缠绵；村庄有时在云层之下，有时在云层之中，更多的时候飘在云层之上。这里，数十座山峰连绵无际，高大挺拔（海拔大都在3000米以上，最高峰是嘎哇嘎普峰，海拔5128米），只有仰视。这些山的森林覆盖率往往在78.9%以上，生长有榧木、秃杉、红豆杉等国家一、二级保护植物，以及被列为国际濒危植物的桫椤；怒江金丝猴、白尾梢虹雉、高黎贡羚牛、印度虎、云豹等国家级保护动物在这里出没……这里是高黎贡山国家级自然保护区的主要区域，这里是"三江并流"世界自然遗产核心腹地。这里的大江大河咆哮奔流，它们大都是国际性河流（诸如怒江、澜沧江、独龙江等），向往的是大海的壮阔。这些大江大河的支流大都来自高山冰碛湖，一路上闯过悬崖峭壁，大都有三五条瀑布，或蔚为壮观，或灵巧隽永。怒江山清水秀，负氧离子丰富，空气质量高，是皮划艇野水国际公开赛的首选举办地，是傈僳族阔时节和独龙族、怒族、普米族、白族等各民族特色年节的发源地，是人们徒步登山旅游、休养身心的人间天堂。

峡谷怒江，文化和谐。在怒江，各民族之间团结互助、和谐相处，不同的信仰、不同的文化碰撞交融，和谐发展，构成了怒江文化的区域性、民族性和较为集中的分布特征：位于怒江州北部的贡山独龙族怒族自治县独龙江流域分布有以"剽牛祭天"为主的独龙族文化带，而丙中洛等地则以怒族文化为主；位于怒江州中部的福贡县则以傈僳族文化为主，兼及怒族文化；位于怒江州南部的泸水市以傈僳族"摆时"文化为主，兼及白族、彝族、景颇族文化；位于怒江州东部的兰坪白族普米族自治县则以白族、普米族文化为主，兼及傈僳族、彝族文化；等等。怒江各民族大都是"直过民族"，直到20世纪50年代初，社会发育程度仍然普遍偏低，少数民族原生文化得以完整地保留和传承下来。在怒江各民族文化中，音乐、舞蹈占据了很大的比重。怒江各民族可谓是"饭菜可以不吃，但歌舞不能不唱不跳"，诸如傈僳族的"摆时""刮克"、怒族的"哦得得"、普米族的"搓蹉"等等。《母亲河》《傈僳人》等一批舞蹈史诗曾分别获得中国舞蹈最高奖——"荷花奖"。

峡谷怒江，戍边屏障。怒江，虽地处我国西南边陲，但由于境内资源富集，人类早期活动频繁，怒江各民族都保留有自身各个历史进程的发展"密码"，是科考、开发、探险以及民族研究不可多得的资源富集地，尤其战略地位显著，自古就是兵家必争之地。在怒江峡谷，发生过震惊中外的"片马事件"、中国远征军途经怒江回撤内地、怒江保卫战、滇西大反攻战役等等。怒江大地养育了足以影响中国历史的民族英杰，如抗法名将杨玉科等。在国家和中华民族遭受危机时，怒江各族人民舍身忘己，毅然投入救国救民的大业之中，奉献自己的汗水、鲜血甚至生命。

峡谷怒江，人人向往。怒江98%以上的土地是高山峡谷，60%的区域为"直过区"，深度贫困曾是怒江人民挥之不去又无法破解的千年难题。纵隔千山万水，习近平总书记一直关心牵挂着怒江。"一次会见、两次回信、一次听取工作汇报、一次颁奖"，习近平总书记言之谆谆、意之殷殷的嘱托与深情，激励着怒江各族儿女砥砺前行。在习近平总书记精准扶贫、精准脱贫方略的指引下，"极贫之地"的怒江"一步跨越千年"，历史性地在全域消除了绝对贫困，创造了人类减贫史上具有典型意义的"怒江案例"和"独特启示"。

曾经贫困、封闭的怒江正逐渐成为和谐、幸福、美丽的新怒江，从人人牵挂的地方变成人人向往的地方。

从大文化的视角审读怒江，怒江是一部厚重而博大的史诗。我们认为，所谓史诗其实是由一个又一个的小事件和平凡的人们用平常的日子写就的，正如一株大树是由无数的枝叶集聚而成的那样。文化怒江或者说怒江文化其实就是怒江各族人民在长期的生产生活过程中积累的社会经验的总结，是怒江发展史上的那些浓墨重彩以及怒江各族人民所拥有的自然地理的总称。从这个意义上说，除了怒江各民族纯粹的精神文化外，怒江文化还包括壮阔的山水、森林、花卉、湖泊、溪流、瀑布，当然还有怒江的历史沿革、重大事件等。这一切都属于文化范畴，值得"文化怒江"去描述、讴歌并加以宣传和推广。

民族文化和区域性文化终将融合或者被主流文化所吞并，但这需要一个漫长的过程。在全州55.27万各族儿女牢记嘱托、接续奋斗，为建设脱贫致富示范区、生物多样性保护核心区、世界级高山峡谷旅游胜地，奋进怒江全面建设社会主义现代化新征程的今天，"文化怒江"丛书四卷（《文化怒江·泸水》《文化怒江·福贡》《文化怒江·兰坪》《文化怒江·贡山》）的编撰、出版、发行，在提升怒江各族人民的文化自信、传承民族传统优秀文化、振奋民族精神、铸牢中华民族共同体意识等方面将产生重要的作用，这是毋庸置疑的，这也是我们策划、编撰并出版发行"文化怒江"丛书诸卷的初衷。

目录 Contents

001　第一章　远古与灿烂的家园记忆

002　遗址考古大发现

012　轩辕故里在兰坪

020　从"比苏""兰州"到兰坪

028　罗氏土司的兴衰

033　兰坪解放第一枪

040　百年兰坪多英杰

047　喇鸡鸣的美丽传说

054　桃花盐香马帮来

070　杨玉科与盐马古道的桑梓情怀

083　第二章　沧江峡谷之上

084　三江之门

092　沧江峡谷之上

106　兰花之坪

128　有滇金丝猴，更有青山绿水

139　老君山下的花园

153　金鸡飞过的地方

159　澜沧翻金波　碧浪献明珠

177 第三章 横断山脉深处的乐土之邦

178 兰坪的"五朵金花"

200 古老的年节民俗

207 文化盛宴"二月会"

211 兰坪的迷人滋味

220 歌舞相伴的婚礼

226 飞歌大地　炫舞人间

240 璀璨夺目的非遗文化

259 艺术殿堂舞蹈诗　问鼎"荷花"《母亲河》

266 后　记

第一章

远古与灿烂的家园记忆

兰坪，闪烁在大理、丽江、迪庆之间的一颗明珠！马鞍山、玉水坪和圆宝山古人类遗址，见证了她远古的足迹。兰坪的先人，在这块宝地上繁衍生息，开垦着历史的灿烂！他们在横断山脉纵谷区赶着一支支马帮，在澜沧江流域的盐马古道上，悠然地从蛮荒走向现代文明……

遗址考古大发现

兰坪古人类遗址,像一座座巨大的无字碑,尽管没有镌刻文字,但那点点斑痕却依稀可见人类童年时代的足迹。那些穿过历史岁月的身影,那些残留在山间河畔的梦想,给予我们的不仅仅是记忆,还有生生不息的文化血脉,让兰坪的历史在雄浑的高原暗河里闪烁着神奇夺目的光芒。

在滇西北横断山脉纵谷区,金沙江、澜沧江和怒江如怒马狂奔般自北向南并行并流170多千米,穿行于崇山峻岭间,形成了世界上罕见的三江并流的地理景观。三条大江在这里勾勒出一个大大的"川"字。而兰坪白族普米族自治县犹如一块硕大的碧玉,镶嵌在"川"字底线和中线的交接点上,成为三江并流地区的重要门户,被誉为"三江之门"。

兰坪以其壮美的山川、神奇的美景、富集的资源和多彩的民族文化,正吸引着越来越多的中外游客慕名前来。当我们行走在兰坪的青山绿水间,徜徉于兰坪的绚烂美景中时,我们是否知晓这个曾被视作蛮荒之地的历史变迁和文化演绎?是否知晓秘境兰坪千年万年翻云覆雨般的历史脉络?

在人们的印象中,兰坪地处滇西北一隅,是一片未开垦的处女地,其历史与文化必定是荒芜的。长久以来,史志学者们翻遍了云南浩繁的史书,试图在史籍记载中寻找到兰坪悠久历史的蛛丝马迹,却只找到有关建置沿革的只言片语。从西汉元封二年(前109年)兰坪县域属比苏县的最早史料记载算起,兰坪的历史仅两千多

❶ 金顶镇远眺

❷ 金顶马鞍山出土文物：石刀

年。地处僻壤、交通阻隔和文化不发达等因素将其漫长的历史湮没，直到20世纪80年代，才找回这失落于滇西北高原上，隐藏在澜沧江流域中的史前文明。

从20世纪80年代起，考古工作者先后对兰坪沘江河、通甸河这两河流域进行了考古发掘，发现沘江河流域金顶镇的马鞍山、通甸镇的玉水坪和河西乡的圆宝山古人类遗址，并进行了考古发掘，出土了大量文物，揭开了兰坪史前文明的帷幕，它们像一座座巨大的无字碑，尽管没有镌刻文字，但那点点斑痕却依稀可见人类童年时代的足迹。历史的烟云被拨开，史前的细节以复活的方式在珠粒间熠熠生辉，兰坪的历史在雄浑的高原暗河里闪烁着神奇夺目的光芒。

1 玉水坪古人类文化活动遗址
2 玉水坪遗址出土物

马鞍山新石器时代文化遗址，位于金顶镇文兴街永安村以南1000米处的沘江河湾坡台地上，面积8000多平方米。1984年8月，县文物普查工作队先后在这里采集到石斧、石锛、石刀等石制品及哺乳动物化石数十件，还在60—80厘米厚的文化层中发现陶片、红烧土、炭屑等。说明当时人们的生活以狩猎为主，还兼有刀耕火种的原始农业。

经考古专家研究鉴定，马鞍山遗址出土的石器的形制、加工方法和石刀两面划槽成孔的技术与剑川海门口一期出土物相同，陶器的陶质、陶色、纹饰制法和火候与海门口一期的出土物相近。经与剑川海门口一期出土物相比较，专家推定兰坪马鞍山遗址应距今4000年至3800年，属云南新石器时代晚期人类遗址。

金顶凤凰山特大铅锌矿早已蜚声海内外，开

玉水坪遗址出土物

发与建设的浪潮风起云涌，但金顶这片土地遥远的文脉源流却日渐湮没，知者甚少。其实，位于澜沧江重要支流沘江源头的金顶，自西汉起就是比苏属地，千百年来一直是兰坪历史风云变幻的见证者，始终处于多民族文化交流与融合的前沿地带。剑兰盐马古道遗址、老姆井遗址、佛教圣地金鸡寺、轩辕台遗址以及首开兰坪教育先河的宏文书院等，都在无声地诉说着兰坪久远的历史，而马鞍山遗址的考古发掘，彻底明晰地改写了金顶的历史，使兰坪的文明史册更加厚重与立体。

现在，马鞍山遗址的出土文物已安详地躺在寂静的文史馆里，那些对历史文化好奇和崇敬的人们，总会在某一时刻前来仔细端详，或伫立于沘江河畔，于车水马龙中放眼两岸如黛的青山，在山光水色里找寻先民的踪迹。

在兰坪大地上，如珠玉般处处遗落着厚重的史前文明，玉水坪古人类文化遗址，便是其中最重要的考古发现。

玉水坪遗址位于通甸镇下甸村玉水坪村北面的金鸡岩上，洞穴发育在二叠系灰岩层面中，属溶洞类型。洞口高1.5米、宽1.55米，洞进深8.8米，内宽4.7米。1976年为整修通甸

河堤而开山取石时，洞口堆积物被震动松落，现出洞口，几个民工出于好奇进洞，发现洞内有大量动物骨骼堆积。大家以为是龙骨，纷纷争抢，将骨骼掠劫一空。后来玉水坪村的村民看到洞内堆积的土层黝黑而肥沃，极像山中的腐殖土，并将其上层当肥料挖去施在玉米地里。1984年秋天，兰坪县文物普查队根据线索，前往调查和试发掘，发现10余件石器、陶器和部分动物化石。经云南省博物馆测定，年代距今7000年以上。

时隔20年后，云南省文物考古研究所正式对玉水坪遗址进行了发掘。在有效发掘面积仅33平方米的洞内出土石器1000余件、骨器3000多件，还有部分动物化石。遗址中石

❶ 出土石器
❷ 河西乡

圆宝山遗址发掘现场

器类型丰富，有石片、砍砸器、刮削器、钻器、雕刻器和铲型器等，加工以锤击法为主，兼用砸击法，有修理台面技术。骨器中有锥、铲和刀尖状器，多用动物长骨碎片为原料，加以打击修整成型。骨器加工多用打、刮、削、磨等技术。经初步鉴定，动物化石均属中国南方大熊猫——剑齿象动物群常见的种类，多为黑熊、犀牛、梅花鹿、水鹿、水牛、大额牛等东洋界动物的典型属种。斑鬣狗和剑齿象过去普遍被认为是更新世末期的灭绝种类，玉水坪遗址的发掘，证明这些物种已延续到了全新世。在整个玉水坪古人类文化遗址出土物中，旧石器文化层居多，新石器文化层次之，是目前世界范围内已探知的骨器最多的考古发掘洞穴。

专家通过对比研究还发现，玉水坪遗址中石器的加工方法与保山塘子沟遗址、黔西观音洞遗址和剑川象鼻洞遗址有许多相似之处，动物所处时代也与保山塘子沟动物群相同。据此推断，玉水坪遗址应为旧石器时代晚期。北京大学碳-14测定说明，早在3万年前，兰坪这块土地上就有人类活动。

这是一个了不起的发现。它不仅展示了兰坪亘古以来遗落在山水间的历史脉络，而且成为云南旧石器晚期最重要的遗址之一，探索云南早期人类发源和现代人类演化具有重大意义。

❶❷ 圆宝山遗址出土物

玉水坪遗址早期的文化特征与云贵高原发现的其他遗址既有相似性，又有所不同，更像是同时期遗址特色的集合地。这说明在云南高原上，在三江并流地区，在澜沧江流域，兰坪不但是早期人类的居住地，还是各民族迁徙与交融的中心地带。

云南许多地区的历史大多是从新石器时代晚期开始的，旧石器时代中晚期遗址在云南的不断被发现，让云南的史前文化越来越厚重丰满。玉水坪古人类遗址的发掘，是怒江州第一次正式的考古发掘，对研究本地区古人类生活方式和文化十分重要，对澜沧江流域史前文化的对比研究也具有重要意义。因此，玉水坪文化遗址被列为"十五"期间云南省十大考古发现之一，2006年被列为云南省文物保护单位，2013年被国务院公布为全国第七批重点文物保护单位。

现在，当我们站在玉水坪溶洞前，面对湛蓝的天空和茫茫的群山，联想先民们当时的生活情形，千年万年的时光隧道瞬间被穿越，肃穆与敬仰之情油然而生，我们的耳旁似乎回响着祖先们的呐喊声，我们的脑海中依稀浮现出他们腰围树叶兽皮，手持棍棒和石块在森林和草地上捕猎野兽时的激越情景。他们是我们共同的祖先，他们鲜红的血液循环浇注在我们身上，他们点燃的文明火种照亮了人类繁衍生息的漫漫长路。那些穿过历史岁月的身影，那些残留在山间河畔的梦想，给予我们的不仅仅是记忆，还有生生不息的文化血脉，其深厚的光芒必将照射着更加遥远的未来。

上善若水，有水的地方就能孕育和产生人类文明，全球四大古文明无一不与水有关系。纵观中华上下五千年，华夏文明就是黄河文明，云南文明就是滇池文明，大理文明就是洱海文明，而处在三江并流地区门户位置的兰

出土陶器

坪，澜沧江自北向南贯穿全境 130 千米，有沘江河、通甸河这样的重要支流。就在通甸河流经的河西圆宝山，考古工作者于 2009 年发掘出石斧、石刀、石针、陶器、骨器和动物化石。经专家考证，该遗址是白族支系那马人新石器时代文化遗址，并由此推断出那马人经历了母系氏族社会和父系氏族社会两个阶段，使白族支系那马人的文化研究向前推进了 4000 年左右，为研究澜沧江流域的古人类活动提供了重要的科学依据。

巍峨雄峻的大山，滔滔不绝的江河，自古以来就为兰坪各族人民的繁衍生息提供了天然的家园。江山交相辉映的兰坪大地上，有无数先民的足迹还在等待我们去追寻，有无数栩栩如生的生命图画需要我们去复原。拨开历史的烟云，我们就一定会在滇西北这块褐红色的版图中，找到更多关于生命博大和永恒的见证。

碧罗雪山

轩辕故里在兰坪

> 20世纪末，云南省测绘局工程师扶永发在深入研究《山海经》后有了惊人的发现，轩辕黄帝诞生在横断山脉纵谷区中的兰坪县金顶二五山上，兰坪是中华人文始祖轩辕黄帝真正的故乡。从此，轩辕故里成了兰坪又一张历史文化名片，金顶二五山这座普通的小山成了人们心中的圣山。

20世纪90年代初，一条爆炸性的新闻在云岭大地上不胫而走：云南西北部的兰坪金顶是轩辕黄帝的诞生地，兰坪是轩辕黄帝故里。这一惊世骇俗的新发现，在省内外引起轩然大波，也让兰坪这块古老的土地增添了更加神秘的色彩，使"轩辕故里"成了兰坪又一张历史文化名片。

轩辕黄帝是中华民族共同的伟大祖先，是传说中古代天文、历法、百谷、冠冕、弓矢、舟船、音律、医学等诸多文明的创造者，数千年来始终受到亿万中华儿女的景仰与祭拜。但轩辕黄帝的出生地一直以来却众说纷纭，有的说是山东寿丘，有的说是甘肃天水，有的说是河南新郑，有的说是陕西姬水，多数观点都认为黄帝诞生地应在中原腹地或黄河流域等地区。而位于滇西北高山峡谷中的兰坪竟然是轩辕黄帝的出生地，让不少人既惊叹又疑惑。

是谁编就了这一石破天惊的现代神话？是不是在痴人说梦，哗众取宠？轩辕故里在兰坪是怎样发现的？这诸多问题很长时间都萦绕在人们的脑海中。

事情要追溯到20世纪80年代末。1989年10月8日，一位普

轩辕祠

通而陌生的男士来到兰坪县金顶镇文兴街北侧二五山上的三圣宫内，用红油漆在一块木板上郑重地写下了"轩辕黄帝故里"几个大字，并叮嘱寺内管理人员说，这里是中华民族的圣地，要保护好这里的一草一木，千万不能改变现状。从那一天起，这块写着"轩辕黄帝故里"的木板就被放置在三圣宫的观音塑像前供人们祭拜。

这位普通的男士是云南省测绘局工程师扶永发，轩辕故里在兰坪的惊天秘密就是由他研究发现并告诉世人的。这位科班出身的测绘专业工程师利用多年积累的航测、地图编绘和地名普查等方面的知识，在长期研究《山海经》后发现，轩辕黄帝诞生在横断山脉纵谷区中的兰坪县金顶二五山上。兰坪金顶是中华民族的圣地，是中华人文始祖轩辕黄帝真正

二五山上眺望金顶文兴街

的故乡!

《山海经》为中国先秦古籍,是一部有丰富神话传说的古老奇书,其中大部分篇幅记载的是诡异的怪兽和光怪陆离的神话故事。由于该书成书年代久远,连司马迁写《史记》时也认为:"至《禹本纪》、《山海经》所有怪物,余不敢言之也。"此后历朝历代都把《山海经》看作是一部最有价值的早期地理著作,且传统上大多认为它记载的是以黄河流域为中心,覆盖东亚大陆的地理。这种"黄河流域文明中心说"以固有的"中国"观来解读《山海经》,自然就把中华民族的共同祖先轩辕黄帝的出生地和活动范围安排在黄河流域一带了。

扶永发在深入研究《山海经》后发现,古神州是一个多山之地而不是平原地区,《山海经》所记载的古代中国北方冬夏有雪(终

金顶二五山建筑

年积雪）之山、西南"正立无影"和"投物辄然"（指火山）之地，以及山川多为南北走向等关键性的线索，在黄河、长江流域是根本找不到的。在整个中华大地上，唯有云南西部横断山区可以满足这些条件，很显然，古昆仑山、古神州也应该到那里去找寻。于是他把《山海经》里所记载的山河在室内复原出《山海经图》，运用"以水定山"的方法，多次到滇西横断山区去实地验证，最后证明《山海经》记述的地理与云南横断山区的地理相吻合，古昆仑山就在今高黎贡山以东、临沧市云县县城以北、金沙江以南及纳溪河—达旦河和毗雄河—苴力河以西的以洱海为中心的横断山区，而《山海经》讲述的就是云南西部东经101度以西，北纬23度以北的纵谷地区的地理。

扶永发在研究《山海经》的有关记载后发现，轩辕丘为今滇西北兰坪县境内沘江东西二源及通甸河（均为澜沧江支流）的上源西南一带之山，该山为《山海经》所载轩辕国的北部之山，故名轩辕丘。轩辕丘的南部又名穷山（或江山），穷山的南端（今金顶镇驻地文兴街之北）有一小山，名二五山，该山上有《山海经》中所载的轩辕台旧址。黄帝为轩辕国人，又居

于轩辕台，故其名为轩辕黄帝，轩辕台旧址所在的二五山为中华民族的圣地。他还进一步考证出中华民族神话系统之中创世母神女娲的葬地在兰坪县通甸镇黄木村南之山，而西王母所居的玉山就是现在的兰坪县河西乡玉狮山。

1992年11月，扶永发集多年研究成果著成的《神州的发现——〈山海经〉地理考》一书由云南人民出版社公开出版，并于1998年和2006年两次修订再版。该书用全新的视角和方法破译《山海经》，试图拨开层层迷雾，重新探索中华文明之源的奥秘，揭开神州变迁之谜底。其中最令人惊奇的便是"今日云南西部地区是我们中华民族和中华文化的原始发祥地"的著名论断。在书里我们处处可以看到佐证这一论断的记述，如宾川的雷车村为《山海经》所记的"雷泽遗址"，玉龙雪山为冬夏有雪的"姑灌山"，祥云城川坝之北的山丘为《山海经》中的"青丘"，腾冲西北的打鹰山为"炎火山"等。而古昆仑众多部落或国家的国邑都在滇西，如丽江的大具坝为《山海经》中"跂踵国"故地，"羽民国"在永平，"女子国"在云龙，"少昊国"在永胜，"氐羌国"在维西，兰坪县金顶镇驻地文兴街二五山为古轩辕国国邑等。他还考证出"五帝"的葬地都在云南西部，黄帝、炎帝、帝舜均葬于今弥渡县境内，帝颛顼葬于丽江境内，后稷葬于保山境内。

在《神州的发现》一书中，作者断言："我们今天已经找到了古昆仑山是在云南西部的横断山地区，那么远古时代的中国就在这一地区。今日云南西部地区都是我们中华民族和中华文化的原始发祥地，是我们民族的摇篮和民族的根所在。"这不是捕风捉影，亦非空穴来风，而是来自缜密探究的学术成果，是用现代地图学知识破解《山海经》后的惊人发现。无独有偶，我国生物学研究人员经过多年的研究得出了"横断山是地质史上动物的避难所，物种演化中心"的结论，说明滇西的良好地理环境与优越的自然气候条件，应该是古人类栖息、生存和繁衍的理想之地。而从5.3亿年前的澄江"三叶虫"到禄丰恐龙，从170万年前的元谋猿人到古滇国青铜

二五山景区大门

文化，从洱海文明、黑潓江流域文明到三江流域文明，都无可辩驳地说明了云南自古以来就是人类文明的发祥地之一。因此古昆仑山在滇西，中华之根在云南，轩辕故里在兰坪也就顺理成章，不再是奇谈怪论了。

轩辕故里在兰坪，同样也可以在兰坪大地上找到许多的佐证。自古以来金顶凤凰山垭口叫"黄帝口"，文兴古桥叫"轩辕桥"，"金龙""大龙""来龙""金凤""凤翔"等以"龙""凤"命名的村庄比比皆是。而且"二五山"的解释是：八卦中的二爻和五爻都是吉卦，二爻和五爻两个吉爻相结合之山为圣人诞生之地。从地理上来看，兰坪位于横断山脉的怒山与云岭之间，山势都为南北走向，即东西是山，南北为江河和峡谷，这些地貌都和《山海经》记载的古代中国的地貌相契合。兰坪古人类遗址考古发掘的结果也证明，在旧石器时代晚期和新石器时代，人类的祖先就已在兰坪的澜沧江及其支流沘江河、通甸河流域等地繁衍生息。

如果我们抛开黄河流域文明中心说，从更广义的"中国"去寻找中华文明的源头，那么，历史是否可以这样展开——一群先民居住在滇西高原上，他们口耳相传《山海经》中记载的家园情形。大约5000年前，他们开始向北迁移，在成都平原建立了城市，进入青铜时代。4000年前，一部分人继续向北，到达黄河流域，创造了夏商文明；另一部分人在2000年前向南迁徙，创造了古滇文明；又有一部分人回到大山深处。向北的人创造了文字，把古老的《山海经》用文字记载下来，向南的人只能用图腾和传说记忆那些奇异的怪兽和独特的山水。

"奇书破释此地真乃轩辕故里，南天生辉何处不显黄帝威仪。"对黄帝故里有新说的消息，当时的《人民日报》《新民晚报》和《云南日报》都纷纷进行了报道，中共云南省委宣传部还于1994年6月在昆明召开《山海经》考察新闻发布会，鼓励专家学者对千古奇书进行破释。兰坪也由此开始着手开发轩辕文化，打造"轩辕故里"历史文化名片。兰坪县人民政府将金顶二五山麓的轩辕台旧址划为历史遗址保护区加以保护。金顶文兴村委会和老年协会多方筹措资金，在二五山轩辕台旧址建起了一座金碧辉煌的轩辕祠，供海内外中华儿女前来寻根谒祖。

二五山轩辕祠设计新颖，施工精细，独具一格，有雄伟壮观的山门，有直上云霄的轩辕双龙阶，整个建筑群飞檐斗拱，青瓦红楹。正殿中黄帝坐像气宇轩昂，双龙蟠柱气势不凡。掩映在苍松翠柏中的轩辕祠与"三圣宫""金顶寺"等古建筑交相辉映，让二五山这座普通的小山成了人们心中的圣山。如今的二五山风景，香火缭绕，游人不断，已成为兰坪人寻根祭祖和锻炼休闲的最佳去处。人们登临酷似苍龙的二五山，在拜谒了轩辕黄帝后，极目远眺，只见沘江河静静地向南流去，连绵的群山葱茏苍翠，城镇与村庄显得寂静而安详。这时内心就会滋生出骄傲之情：为神圣的二五山，也为我们勤劳智慧、不忘根本和生生不息的民族。

"轩辕故里在兰坪"毕竟是一家之言，还需历史时光和考古实

物等来证明。国内学术界关于轩辕故里的争论也从未停止过，结论还遥遥无期，但这些都不会影响兰坪各族人民对轩辕故里的认同，也并不影响他们对炎黄文化的尊崇。真假并不重要，重要的是在这片神州大地上，轩辕穿越数千年数万里时空，给我们一种精神的信仰，将我们那颗虔诚的心放在一处圣洁的地方。

　　故乡的人民没有数典忘祖，他们为拥有轩辕故里的悠久历史而自豪，为同是中华民族大家庭中的一员而骄傲。他们还将不断地用双手、心血和汗水雕塑着轩辕始祖的高大辉煌，高擎着炎黄文化的大旗，让源远流长的中华文明更加浩瀚深邃。

轩辕黄帝塑像

从"比苏""兰州"到兰坪

  2000多年的沧桑岁月，孕育了兰坪的锦山秀水，造就了兰坪的历史文脉。拂落岁月尘埃，穿越时空隧道，便可以触摸到兰坪的历史脉络，追寻到兰坪的发展轨迹。凝眸从历史深处走来的兰坪，我们将会感受到高原峡谷中澎湃的阵阵春潮。

  地处滇西北横断山脉纵谷区中的兰坪，像一颗璀璨的明珠镶嵌在祖国的西南边陲。自有文字记载的2000多年以来，虽因历代王朝更替导致其辖地及隶属关系频繁变动，但勤劳勇敢的白族、普米族、傈僳族、怒族、彝族及汉族等各族人民始终在这块神奇而美丽的土地上繁衍生息，共同谱写了兰坪悠久的历史，共同创造了兰坪灿烂的文化。从"比苏""兰州"到"兰坪"的2000多年发展史证明，兰坪，是一片亘古流芳的红土地。

  绵延不绝的怒山、雪盘山、清水朗山和老君山像兰坪的骨架，是兰坪历史的见证；滚滚南流的澜沧江及其数十条支流像兰坪的经络，是兰坪永恒的标志。秀美而壮丽的高山大川，铭记着兰坪沧桑的岁月，书写着兰坪悠久的历史。

  马鞍山、玉水坪古人类遗址的发掘和澜沧江两岸青铜器的发现，证明早在青铜时代、新石器时代和旧石器时代晚期就有人类在兰坪居住。司马迁《史记·西南夷列传》是记录云南居民历史与文化的最早文献，其中有这样一段话："西自同师（今保山）以

兰坪白族普米族自治县成立庆典

东,北自楪榆(今大理),名为嶲、昆明,皆编发,随畜迁徙,毋常处,毋君长,地方可数千里。"这说明,那些嶲族和昆明游牧部落所在的数千里地方,应该就包括位于澜沧江流域内的兰坪。

西汉元封二年(前109年),汉武帝在西南夷地区设置七郡,兰坪县域属益州郡比苏县。从那时起,兰坪就被正式纳入了汉王朝的版图,为兰坪始终是云南边疆不可分割的一部分奠定了基础,兰坪的历史也从此明朗起来。关于"比苏"名称来历的说法是:当时的比苏县包括同处于沘江流域的兰坪和云龙大部分,两地都产盐,且大都为白族聚居区,白族语称盐为"宾"。"宾"与"沘""比"读音相近,"苏"为白族语的"山",故"沘江"就是有盐的江,而"比苏"即"盐山"。不管此种解释是否准确,但"比苏"的称谓从西汉延续至南北朝时期的梁末,前后共666年,其间分属过益州郡、永昌郡、河阳郡和西阳河郡,都是不争的历史事实。

唐麟德元年(664年),在境内东部置眉邓州,西部置洪郎州,两州都在羁縻十三州之内,属姚州都督府。唐开元二十六年(738年),唐王朝册封皮逻阁为云南王,建立洱海地区蒙氏政权,眉邓、洪朗两州属于南诏地,直属宁北节度管辖,后来南诏设剑川节度,境内分罗眉川(东部)、牟朗共城(今营盘一带)、若耶、讳溺4个区域。宋时大理国将4个区域统一改置为兰溪郡,属谋统府。1253年,忽必烈远征大理国,次年,么些(丽江纳西族)酋长率部归附,立茶罕章(蒙语,意为白蛮地区)管民官,兰溪郡同期归附,隶属于茶罕章管民官管辖。

元至元十二年(1275年),兰溪郡改为兰州,历属宣慰司、丽

兰坪县城

江路、宣抚司。明洪武十四年（1381年），朱元璋遣傅友德、蓝玉、沐英率三十万大军征伐云南，于次年攻克大理，鹤庆、丽江诸路先后归附，立鹤庆府和丽江府，兰州属鹤庆府，后又改属丽江府、丽江军民府。在清朝时期，兰州先后归丽江军民府、丽江府和丽江县管辖，直至宣统三年（1911年）。兰坪地域的"兰州"称谓，从"兰溪"改为"兰州"算起，跨越元明清三个朝代共600多年的历史。兰坪民间曾广泛流传"前世不修，生在兰州"的说法，便是先辈们口耳相传留下的对兰坪历史的记忆，也表现了在历代封建统治王朝的长期压迫下兰坪人民曾经的苦难与哀叹。

1912年12月，云南都督府从加强对滇西北边疆地区的管理、巩固祖国边防的战略出发，从丽江县的27里析出兰州、通甸、山后、西你罗、江东、江西6里，新置兰坪州治，设治

于山后里（现金顶）的白地坪。因兰州为州境东部首区，白地坪为治所，故取"兰坪"为州名，1914年改称兰坪县，其地域西至怒江东岸的碧江，东至剑川县上兰，北至丽江的利苴和维西的维登。

1949年5月10日兰坪解放后，隶属滇西北人民行政专员公署，次年置丽江专区。兰坪属丽江专区，1957年兰坪县划入怒江傈僳族自治州，但仍由丽江专署代管。直至1973年改属云南省人民政府，兰坪县隶属怒江州管辖。1987年11月27日，国务院批准撤销兰坪县，设立兰坪白族普米族自治县。

从"比苏""兰州"至"兰坪"，兰坪走过了2000多年的漫漫长路，这期间有漫长的建县历史，有复杂多变的建置沿革，也有值得铭记的历史荣耀。由于兰坪地处滇、川、藏文化走廊的接合部，介于内地与边疆之

民族文化广场

间，毗邻南诏及大理国时期云南的政治中心和文化重心洱海地区，历史上曾长时期是大理、丽江等滇西郡府的属地，故文明程度和文化底蕴较为深厚。兰坪早在唐代就已开采若耶、讳溺两个盐井，至元时已有"七井之货"。明洪武以后，剑川、丽江、鹤庆、洱源和大理，以及江西、江苏、广西、湖

南、河北、四川、浙江、贵州等省人士，相继来兰坪开办矿业，传入了采矿、炼铜、炼铅和制盐技术，先后开办了回龙厂、富隆厂、玉龙厂和白地坪厂等46个厂矿。清雍正九年（1731年），盐大使郑大位在金顶箐门下井首建宏文书院和义学馆，开兰坪教育的先河，至光绪二十年（1894年），兰坪先后创办"宏文""沧江""天鸡"3个书院和14个义学馆，有10人先后考取贡生。矿业开发的兴起和教育的起步，使汉文化在兰坪得到传播，促进了兰坪的文明

玉屏公园一角

发展。

　　数千年的历史，孕育了兰坪的锦山秀水，造就了兰坪的历史文脉。拂落岁月尘埃，穿越时空隧道，我们便可以触摸到兰坪的历史人文脉络，追寻到兰坪几千年文明的发展轨迹。凝眸从历史深处走来的兰坪，我们将会感受到高原峡谷中澎湃的阵阵春潮。

罗氏土司的兴衰

兔峨土司衙署,是怒江州乃至滇西北境内保存最完整的土司遗址之一,具有鲜明的民族文化特色。它是历史血脉的延续,有着经由时光打磨而欣然的沧桑,记录着罗氏土司家族数百年的兴衰和兰坪一段风云变幻的历史,是一幅边地土司文化的历史长卷。

站在兔峨土司衙署高大气派的照壁前,那两棵树干弯曲却枝繁叶茂的古榕树依旧穿过白墙黑瓦,好像就要刺破峡谷中的一方天宇。伫立院内,凝视雕梁画栋,抚摸木雕门窗,注目残瓦裂墙和枯黄芳草,思绪就会飘向那遥远的岁月。兔峨土司衙署写满沧桑的房舍与院落,倾诉着罗氏土司昔日的荣耀与衰落,记录着兰坪一段风云变幻的历史。

土司制度是元明清封建王朝对西北、西南边疆少数民族的统治政策,中央王朝承认当地贵族统治者对地区的世袭统治,以达到稳固封建统治及"以夷制夷、蛮人治蛮"的目的。兰坪的土司制度形成于元末明初,明洪武十五年(1382年),兰坪军民总管万户侯罗克率部归附明军,因军功被敕封为五品奉训大夫,至明武十七年(1384年)被授予世袭兰州正印知州,为兰坪历史上兰州土知州的第一世祖。罗氏土司家族历经明、清、民国三代,传袭23世566年之久,其领地为现今兰坪县,及大理州剑川县的羊岑、马登、上兰,还有洱源县的乔后、云龙县的大部分地区、迪庆州维西县的维登和怒江州的一部分地区。

兔峨乡

　　罗氏土司是兰州的土皇帝，在州内集政治、军事和经济大权于一身，有调解、拘捕、关押和判决的权力，有常备武装。土知州除向土知府纳粮、纳税外，还要经常向土知府进贡，有时还直接进京向朝廷进贡，所有贡品都由人民负担。土司出行讲究排场，要擂鼓奏乐，鸣放礼炮，乘坐八抬大轿，以全副銮驾护行，土司姻亲讲究门阀，非名门望族不嫁娶。清雍正元年（1723年）实行"改土归流"后，罗氏土知州降为土舍，权力有所削弱，但仍有民事调解、劳役摊派等权力。

　　罗克首任兰州土知州后，罗氏土司以境内高原坝子上的兰和马登作为州治中心，先后在上兰的建基村、马邑坪和马登的白石江建立司署衙门。现今的大理州剑川县上兰、马登一带原本是人烟稀少、草木丛生的荒原，历代土司通过调遣士兵开荒

第一章　远古与灿烂的家园记忆

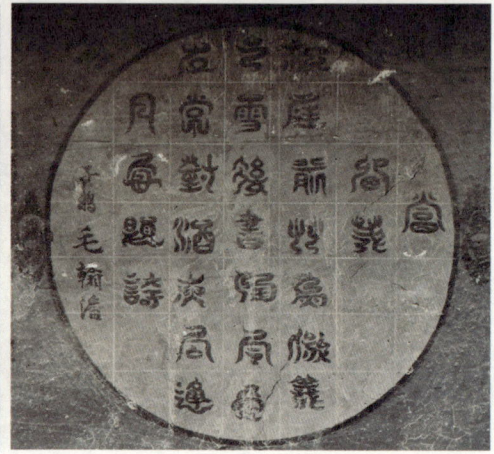

种田，鼓励移民定居开发，逐渐将这里开拓成人烟稠密、阡陌纵横的宜居之地。如今，罗氏土司旧时在兰州的衙署建筑大都湮没于历史洪流中，只有白石江畔那摇摇欲坠的三坊一照壁，让土司时代的历史烟云仍留存在人们的记忆中。

辛亥革命成功后，兰州罗氏土司再次被改流。当时英国已把侵略魔爪伸向怒江片马，进而向怒江腹地延伸，引起了怒江各族人民的愤怒和反抗。迫于抗英形势和殖边需要，罗氏土司于1912年被指令从老君山麓的白石江搬迁到澜沧江边的兔峨，负责管辖兔峨及怒江的部分领地。罗氏土司搬迁兔峨后，先在江东石坪设衙署驻足，于1921年迁至江西兔峨村，即现存的兔峨土司衙署。

兔峨土司衙署位于兔峨街西梁岭山，北靠怒山，雄视沧江，南倚百丈悬崖，北临狭长河谷，是一个易守难攻的战略高地。衙署

兔峨土司衙署建筑

兔峨土司衙署建筑

为两进两院的土木结构，建筑面积近千平方米，有大小房屋五十余间，以土司制式和传统白族风格建筑，把"三坊一照壁""四合五天井"融为一体，整个衙署规模宏大，错落有致，威严显赫。兔峨土司衙署既是罗氏土司家族生活和娱乐的地方，也是土司施政办公之地，是普通民众望而生畏的衙门。

罗氏土司虽为世袭土官，但也有殖边保疆和守土安民之功劳。第22代土司罗梧秀因协助李根源勘界片马有功，获五品军功奖，被任命为怒俅殖边委员会委员，兼任兔峨区区长。当时，罗土司抓募壮丁，组建民团，开展军事训练，积极进行防护御敌的准备。他在衙门上题写了"兔睿作干城固我边隅一方人民资保障　峨山当要隘守兹锡土全区黎庶享安宁"的对联，表明了其戍边防卫的决心。1942年日本帝国主义把战火烧到怒江，怒江变成抗日前线，末代土司罗星被国民党政府委任为国民革命军第十一集团军总司令部上校参议，兼"沧江江防司令"，负责怒江抗日军队的接应和运输支前等任

务。罗氏土司在兔峨的 37 年，还积极开垦田地，兴修水利，开设集市、禁种罂粟等。

兰坪和平解放后，土司制度宣告消亡，一个曾经雄居一隅、显赫乡野的土司王朝从兴盛走向没落，从辉煌走到衰败。风华散尽，尘埃落定，唯有兔峨土司衙署遗址在斗转星移中洗尽铅华，留下罗氏土司家族渐行渐远的背影，浓缩成一幅边地土司文化的历史长卷。

兔峨土司衙署，是怒江州境内保存最为完整的土司衙署，也是滇西北地区保存较完好的土司遗址之一。由于其在诸多方面展现出鲜明的民族文化特色，是中国文化多样性的体现，1998 年，被云南省人民政府公布为省级文物保护单位。

兔峨土司衙署，是历史血脉的延续，有着经由时光打磨而欣然的沧桑，它默默记述着罗氏土司的兴衰，见证着沧怒边地峥嵘岁月的往来变迁。

衙署全景

兰坪解放第一枪

通兰武装暴动,打响了解放兰坪的第一枪,以此为基础建立的人民武装,对发展和巩固滇西北根据地,解放滇西南地区都做出了重要贡献,使兰坪成为云南省解放战争时期革命老区县之一,为兰坪这块土地留下了永远抹不掉的红色记忆。

老君山下,通甸河畔的通甸古镇里,一处看似普通的院落却格外引人注目,一年四季都有一拨又一拨的人前来参观和瞻仰。这个普通的院落便是通甸武装暴动胜利纪念馆,这里铭刻着通兰暴动永不磨灭的红色记忆,记录着兰坪各族人民解放斗争的光辉历史,是云南省爱国主义教育基地和国防教育基地。

纪念碑掩映在绿草翠柏中,陈列馆朴素而精致。纪念碑被设计为一本打开的书,基座高1.9米,宽4.9米,纪念碑高5.1米,寓意为1949年5月1日的通兰武装暴动翻开了兰坪历史新的一页。1949年5月1日,由中共通兰特委领导的通兰武装暴动打响了解放兰坪的第一枪,5月10日兰坪和平解放,这个日子比云南全省解放时间足足早了7个月,使兰坪成为云南省解放战争时期的革命老区县之一。

通兰地区所辖通甸、上兰、马登是兰坪和大理剑川的接合部,是内地通往兰坪的东大门。20世纪40年代后期,面对国民党的统治和横征暴敛,兰坪各民族的优秀儿女走出家门,到

通甸镇

丽江等地读书学习,接受进步思想,参加反帝反封建斗争。1946年,赴丽江读书的啦井、通甸学生成立了"旅丽同学会",大部分学生加入了"民青"组织。他们在放假返乡时,以出壁报、演话剧和办夜校等形式,在人民群众中宣传革命思想。去丽江读书返乡的进步学生还与通甸中心小学师生联合创办壁报《怒吼》,刊出《冲破黎明的黑暗》《痛斥贪官污吏》等文章。1948年冬,"旅丽同学会"组成文艺宣传队在通兰地区巡回演出了《打城隍》《解剖伪乡长》《抓壮丁》《农家苦》等具有鼓动作用的节目。这些宣传活动,揭露了国民党统治的腐败,唤起了民众的觉醒,激发了兰坪各族人民反封建、求翻身的革命思想,为通兰武装暴动和兰坪解放奠定了良好的群众基础。

随着全国解放战争的节节胜利,中共中央做出了在云南开展武装斗争的指示。1948年5月,经中共云南省工委批准,在剑川成立了以黄平为书记,欧根为副书记,王以中、徐铮、王立政、杨苏、王北光为委员的滇西工委,负责领导滇西各县的武装斗争工作。1948年8月,中共滇西工委成立了"中共通兰特区委员会"(简称

通甸武装暴动陈列馆

"通兰特委",由王北光任书记,并派李铸宏、张彭健、赵泽宗等同志分片负责通甸、上兰和马登各乡的工作。当时中共滇西工委对通兰特委的工作要求是:"以兰坪为中心,积极创造条件,向南(云龙)、北(维西)发展,然后逐步向西(碧江、福贡、泸水、贡山)推进。"

通兰特委成员以教师身份为掩护,以学校为据点,传播革命思想,深入发动群众,秘密发展党员,为通兰地区武装斗争积极做准备。1949年4月2日,在滇西工委的领导下,剑川县工委在剑川发动了被称为"四二起义"的革命武装暴动。"四二起义"成功的消息传到通兰地区后,极大地鼓舞了通兰特委和民众。通兰特委认为通兰地区与剑川仅一山之隔,应马上发动群众,掌握武器,积极准备武装暴动,以策应剑川"四二起义"。

1949年5月1日深夜,通甸下起了蒙蒙细雨,伸手不见五指。200多名来自通甸各村寨的农抗队员手持枪支、大刀、长矛和弩弓,集中在通甸文昌庙中,和汝灿代表党组织和行

王北光

动指挥部做了战斗动员，宣布"三大纪律、八项注意"，并举行了战前宣誓。当晚12时许，暴动命令下达后，大家如离弦之箭奔向目标，和汝灿、罗映先、和文龙带一路人马突袭镇公所，先将一名哨兵制服后用枪对空连鸣三枪以示暴动开始，并用联络暗号与早已安排好的内应和世馨、和接钧联系，迅速打开大门，暴动队员冲入镇公所将自卫队缴了械，打开仓库夺取了全部枪支弹药。由和云龙、和文翰带队的另一路人马也很快活捉了镇长和瑞鹏及县参议员和文香等，镇长和瑞鹏被押回镇公所，交出了大印。在不到两个小时的时间里，行动计划顺利完成，通甸武装暴动成功，象征着通甸镇的一切权力从此由人民接管。

此前的1949年4月27日，在通兰特委的直接领导下，马登镇公所和自卫队的枪支被收缴，以里应外合和"枪换肩"的形式解放了马登。1949年5月2日，根据通兰特委"解放上兰，活捉赵珍汉"的命令，上兰乡农抗会组织的起义队伍抓捕了上兰乡乡长杨建候，俘虏了联防队长赵珍汉，缴获了一大批武器弹药，上兰武装暴动也取得成功。

通甸、上兰和马登武装夺取政权的成功，使通兰地区各族人民欢欣鼓舞，青年争先恐后报名参军，各族妇女也联合起来踊跃支前，农民成群结队送来粮食、披毡、草鞋和猪羊肉慰劳暴动队员。5月4日，通甸、上兰、马登三支暴动队伍集中在马登整训后，成立了"通兰人民自卫大队"，由王北光任总指挥，下设马登、上兰、通甸三个中队共310人，拥有各类枪支100多支，大刀200多把。5月9日，通兰人民自卫大队司令部决定，采取军事打击和政治瓦解的方法，解放兰坪县城金顶。

1949年5月10日，通兰人民自卫大队兵分两路，一路由杨德义率领马登中队抄小路到县城东侧鸡头村后山埋伏待命，另一路由总指挥王北光率上兰、通甸中队从大路

通甸武装暴动指挥部成员

挺进，直达县城北碉楼附近埋伏。在大兵压境的情况下，国民党县长李澍和参议长罗一河表示欢迎和平解放，并交出了印鉴和全部武器，兰坪县城实现了和平解放。5月13日，保山反动武装"共革盟"进犯啦井，王北光率通兰人民自卫大队昼夜兼程向啦井进军。14日拂晓，队伍分别从玉皇阁、北山、玉龙箐等地向驻守南碉堡的"共革盟"主力发起了猛攻。经过7个小时的战斗，迫使"共革盟"向云龙方向溃逃。5月15日，通兰人民自卫大队进驻啦井盐场，接收了税警队的全部武器和食盐，盐业重镇啦井解放了。通兰人民自卫大队随即发布通告，宣布接管全县政权，废除一切苛捐杂税，兰坪全境获得了解放。兰坪的解放，使滇西北地区的根据地进一步扩大和巩固，为解放云龙、维西和怒江沿岸的泸水、福贡、碧江、贡山等地提供了强大的后勤保障和舆论支持。

1949年6月上旬，通兰人民自卫大队经过整训，被改编为滇西北人民自卫军第二支队。9月，人民自卫军改编为中国人民解放军

原中国人民解放军滇桂黔边纵队第七支队第三十三团部分同志与在兰坪工作的部分人员合影

滇桂黔边纵队第七支队，二支队改编为三十三团。12月，沘江游击大队也编入三十三团。1950年1月，三十三团与三十一团在保山合编为三十一团。4月，三十一团划归中国人民解放军第二野战军第十四军四十一师。以通兰人民自卫大队为前身的边纵七支队三十三团，是以兰坪白族、普米族、汉族、彝族子弟为主的战斗集体，他们驰骋在滇西北的崇山峻岭中，相继参加了剑川沙溪围歼战、解放云龙石门、雅塘阻击、叶枝突围、剑川围城打援、石鼓保卫战、光复维西县城和兰坪箭杆场伏击战等战斗。1950年6月后，通兰人民自卫大队所在的三十三团被整编为中国人民解放军保山边防区基干团，在保山、腾冲、梁河、盈江、镇康、双江、耿马等县开展剿匪战斗，为滇西南地区的解放和人民政权的巩固做出了巨大贡献。

通兰武装暴动打响了解放兰坪的第一枪，拉开了解放怒江各县的序幕，具有重要的历史和革命意义。通兰暴动燃起的革命烈火，以燎原之势席卷了怒江，席卷了整个滇西大地，为党的革命斗争史

纪念碑前进行爱国主义教育

册增添了光辉的一页。曾任中共滇西工委书记和中国人民解放军滇桂黔边纵队第七支队司令员兼政委的黄平,在为通甸武装暴动胜利纪念碑题词中说:"兰坪人民五月一日的通甸暴动,及以此为基础建立的边纵七支队第三十三团,对粉碎敌人的围剿,发展和巩固滇西北根据地都作出了重大贡献,因此是值得纪念的。"

为了铭记通兰暴动胜利的光辉历史,兰坪县和通甸镇各方齐心协力于1999年建成了通甸武装暴动胜利纪念馆。2009年7月,通甸武装暴动胜利纪念馆被中共云南省委、云南省人民政府命名为省级爱国主义教育基地,开馆至今已接待了10余万人次前来参观学习。

陈列馆内一张张泛黄的照片,一把把生锈的钢枪,一支支老旧的竹箭,就是通甸武装暴动烈火留下的熠熠生辉的痕迹,向后人展示了那段血雨腥风的光辉岁月。耸立于翠柏丛中的纪念碑,在阳光照耀下金碧辉煌,好像在静静地诉说着当年的故事。

通兰武装暴动,是一段神话般的史书,每个章节每个标点都流光溢彩。这段历史的光芒,连同兰坪各族儿女英勇无畏的精神永远闪烁在人们心中,给兰坪4388平方千米的土地留下了永远抹不掉的红色记忆。

百年兰坪多英杰

兰坪地处滇西一隅,从1914年兰坪改州为县至今的百余年间,兰坪有了许多在各时期和各领域有贡献、有建树、有影响的杰出人才和知名人士。特别令人自豪的是,在反对封建专制统治、求翻身求解放和抵御外侵的斗争中,兰坪涌现出了许多令人敬仰的英雄人物。

傈僳族农民起义首领和沛三

和沛三,又名阿孟扒,兰坪县啦井镇丰登村人,傈僳族。

和沛三出身贫寒,年轻时身强力壮,性格开朗,广交朋友,见义勇为。平时靠打猎和到啦井街卖柴贩盐为生,生活却日渐拮据艰难,还常遭官府和富豪的敲诈勒索,欺侮辱骂。

1916年,啦井盐场缉私队无故枪杀了一个傈僳族农民,官府公差又因逼收银粮在石中坪村将两个小孩丢入石碓中舂死。接二连三的血腥暴行,激起了各族群众的愤恨与怒火。和沛三意识到只有杀贪官、除恶霸才能有生存的机会。他走村串寨,鼓动民众联合起来开展反抗斗争。

1917年1月27日,和沛三、施桂生等率甲登、丰登、石中坪、白羊等14个村寨的农民举行起义。近千名傈僳族、白族农民身背弩弓、手握大刀长矛,从四面八方聚集到温斗村,和沛三宣布行动计划和作战纪律后,起义队伍分几路分别向石登、营盘和啦井

啦井镇

进攻。施桂生、蔡友旺率领的一路人马占领了营盘街，曲才宝、曲元宝率领的一路人马占领了石登县佐衙门，杀死了石登县佐"旃大老爷"。进攻啦井的队伍经过一天激战，占领了盐场公署，消灭了盐场缉私队，打死了团正李荃麟等官吏和恶霸。

攻下营盘、石登和啦井后，起义队伍兵分两路，一路由和沛三、施桂生率领，进军兰坪县城金顶，县长赵鳌等官绅弃城逃跑。义军占领金顶后，继续出兵剑川，行至羊岑遭官军阻击被迫退回兰坪。另一路义军进军维西，沿途虽有傈僳族群众加入起义队伍，但最终未能攻占维西县城而败退。

起义爆发震惊了云南，云南省府调集了大理、云龙、剑川等地的官军从四面八方围剿起义军。起义军被迫翻越碧罗雪山进入碧江，联合傈僳族、怒族群众攻打碧江知子罗行政公署。因不敌官军，和沛三等人被迫流亡缅甸。

和沛三领导的兰坪傈僳族农民起义震撼滇西北，影响全云南，沉重地打击了封建官僚统治制度。

红军战士和玉林

和玉林（1913—1973），白族那马人，兰坪县中排乡信昌坪村人。

和玉林家住澜沧江西岸的碧罗雪山中，世代以务农为生，家境贫寒。1936年春，因生活所迫，和玉林远赴鹤庆卖工度日，逢贺龙、任弼时、关向应、萧克、王震率中国工农红军第二、第六军团长征路过鹤庆，萌生了参加红军的念头。4月23日，红军占领鹤庆县城后，和玉林毅然参加了红军。

加入红军后，和玉林随部队爬雪山、过草地，历经千难万险，克服了重重困难，胜利抵达陕北。在抗日战争期间，他随八路军转战西北、华北抗日前线。在一次与日军作战中，和玉林身负重伤被留在陕西某地一个寺庙里治疗养伤。伤愈后，转业到陕西省做地方工作，他继续发扬英勇顽强的战斗精神，深入发动群众，积极完成生产和支前等任务。

1959年，经组织批准，和玉林从陕西省返回家乡兰坪。在县城期间，他经常给机关职工和学校师生讲述自己在红军、八路军中的战斗经历，对干部群众和青少年进行革命传统教育。1960年，和玉林被推荐为兰坪县人民委员会委员。1962年8月，根据其要求，组织安排和玉林回到中排乡信昌坪定居。1973年，和玉林身患重病，医治无效，不幸病故。

抗日勇士胡超文

胡超文（1913—1999），白族，兰坪县金顶镇官坪仁杏村人。

胡超文9岁在乡读私塾，1932年毕业于兰坪县高等小学，1936年考入昆明的学校，自费学习公路工程技术。"七七"事变后，民族危急，国难当头，胡超文毅然投笔从戎，加入滇军六十军，被编入一八四师，不久后随军奉命调往华北抗日前线。

1938年4月14日，六十军奉命抵达台儿庄以东的陈瓦房、邢家楼、五圣堂、蒲旺一线驻守，一八四师驻守徐州东北禹王山一带。21日，日军在飞机的配合下，在台儿庄附近向我军禹王山阵地发起猛烈进攻，战斗十分激烈，

兰坪县城冬景

双方伤亡很大。六十军在蒲旺、辛庄、五圣堂等地与日军坂垣师团、矶谷师团进行了几天的激战,始终坚守禹王山一线,不让敌人前进一步。在大会战中,胡超文奋勇杀敌,与日军肉搏,先后砍死日本兵16人。在一次作战中,胡超文被日军炮火炸断两根肋骨,被送往湖南后方医院治疗。伤愈后与一八四师失联,胡超文就地参加七十四军王耀武部,在一五二团一营三连任中尉排长,继续参加抗日战争,转战湖南、湖北、江西、安徽、浙江、河南等省。

1941年,胡超文受七十四军军部派遣,到国民党中央陆军学校武汉第二分校劈刺班学习。两年学习期满后，被提升为一五二团一营三连上尉连长。1943年10月，日本横山勇十三军团由沙市、岳阳等地渡过长江和湘江，向鄂西南和湘北常德地区大举进犯，胡超文随七十四军转战河洑、陬市及慈利等地。在保卫长沙的桃园战役中，他身先士卒，率全连官兵与日军展开激烈战斗。胡超文在率队追击溃退而逃的日军时，不幸被日军枪弹击中，子弹从嘴里打入，穿后颈而出，头部负重伤，被送往湖南沅陵后方医院。因失血过多，昏迷了一天一夜后才苏醒过来。经过14个月的治疗和休养后，胡超文伤愈归队，担任一营少校营长，驻守湖南芷江。

日本投降后，七十四军奉命由湖南芷江至南京受降。胡超文因作战有功，被军部挑中，率领两个排配合他部，奉命押送日本战俘回国，先后两次押送日俘到大阪、长崎。

从日本回国后，胡超文所在的部队被改编为七十四师，担任南京总统府的卫戍任务，在江陵县木陵关驻守。胡超文要求部队严守军纪，对老百姓要秋毫无犯，深得民心，江陵民众赠送胡超文部两面锦旗，分别上书"群诚爱戴""卫国干城"。

抗战胜利后，蒋介石在美国的支持下发动全面内战，把枪口对准解放区，胡超文认为打内战与自己抗日卫国的初衷相违，不愿继续为国民党卖命。1948年，七十四师从南京奉调支援黄百韬兵团，在淮海战场上，胡超文用枪自伤左腿，被送往南昌医院治疗。1949年4月，南昌解放后，中国人民解放军接管了南昌医院。胡超文在解放军教导大队学习1个月后，根据本人要求返回原籍。1949年12月，胡超文回到故乡兰坪官坪仁杏村，从事农业生产维生，直到1999年病逝。

志愿军排长和炳才

和炳才（1920—1985），白族，兰坪县通甸镇金竹村人。

和炳才幼时家境贫寒，以务农为生，1938年应征入伍，参加滇军六十

指路，下民在此安营扎寨。神灵保佑，五谷丰登，六畜兴旺。求财得财，求官得位。人寿安康，万世昌盛！"

他们把这个地方，取名为"喇鸡鸣"。

这个地方确实是好地方，山坡不大，可向阳气暖，绿树成荫，花草茂盛，怡然宜居。喇鸡鸣对面是一座巍峨的高山，山上有九股溪流，后人取名为九龙山。喇鸡鸣山与九龙山之间流淌着一条清澈见底的河，此河清如翠玉，后人也就称为玉龙河。那时，这里还没有人烟，是莽莽苍苍的原始森林，是飞禽走兽栖居的深谷大箐。外地人在喇鸡鸣山坡上建盖房屋，开垦耪地，种粮养畜，繁衍生息。他们日出而作，日落而归，精耕于田。果然，这里风调雨顺，加之土地肥沃，粮食丰收，年年

兰坪旧县城址啦井

满仓,吃足有余。他们还在房前屋后种植果树,每年鸟语花香,硕果累累,果香四溢。就这样,一代又一代的喇鸡鸣人过上了"世外桃源"的幸福安康生活。

喇鸡鸣村,不仅五谷丰登,而且六畜兴旺,精神生活也充实而多彩。每天,他们把牛羊放于山头,唱着悠扬的山歌,抒发着对美好家园的热爱之情。牛羊长得很快,蓝天白云下,满山满坡,山头谷底都能看到牛羊的影子。放牧人发现,许多羊白天直奔谷底,晚

① 啦井镇建设新貌
② 盐井遗址
③ 井内盐水长流

上自己回家，而且肥得很快。

据记载，清道光元年（1821年）八月二十五日，村民和壮美到谷底寻羊时发现，他的羊群正在舔舐河边石头上的一层薄冰。玉龙河畔的石头上有一层厚厚的冰霜，有的大石头下悬挂着亮晶晶的冰柱，好看极了。好多羊一会儿舔舔冰霜，一会儿喝水，咩咩叫着，不肯离开。是什么东西这样吸引着羊？他出于好奇，用手蘸了蘸冰霜，用舌细细地舔了舔，哦，咸咸的香味。这是盐啊，盐！于是，他把这一喜讯告诉村民，村民终于找到了"风水宝地"。

感谢大地的恩赐！感谢公鸡的指路！这一发现，

实现了一方水土养一方人的古话。但这一发现,同时也改变了一方人与世无争、宁静悠然的生活!由此,喇鸡鸣的名字像一股风,载着人们赖以生存的梦想与追求传遍了滇西北!然而,喇鸡鸣,也因此开始背负幸福与苦难交织的命运!喇鸡鸣,开始上演一幕幕灵与肉、生与死的传奇故事!

清道光二十三年(1843年),四川人李天有到喇鸡鸣,发现有盐,而且盐质优良,就禀报清廷大使开井包课。大使派人勘察后,由李天有包课开井,隶属丽江井,喇鸡鸣井由此得名。由于

❶ 盐水
❷ 民间制盐

开发喇鸡鸣井,喇鸡鸣的村民大多搬迁到谷底居住,所以山上的喇鸡鸣村改称老地盘了。

据《云南省兰坪白族普米族自治县地名志》记载:随着盐井的开办,这里逐渐发展为街,称"喇鸡鸣街",上段曾称"书院街""十字街""四方街",下段曾称"下街子""平街子"。柳玉春任大理盐务总知事时,拨过经费修理喇鸡井街道,故曾称"玉春街",但当地群众一直习惯称喇鸡鸣井街,简称"喇井街",现通写为"啦井"。

因兰坪县在此设行政建制镇,成为"啦井镇"。

❶ 盐厂遗址
❷ 旧盐矿厂部

桃花盐香马帮来

啦井盐呈晶体并带桃花色，古称桃花盐。桃花盐以香醇而渗透力强著称，远近闻名。因此随着盐矿的开发，以啦井为中心四方商贾云集、八方马帮簇拥，一支支马帮从这里出发，载着兰坪的辉煌和祝福，在沧桑的盐马古道上书写了一个个如歌如泣的传奇故事。

桃花盐

喇鸡鸣井声名远扬、闻名遐迩，主要是"桃花盐"！

兰坪享有"盐都"之称，也归功于"桃花盐"！"桃花盐"就是喇鸡鸣井的盐，呈桃花色，质地坚硬，渗透力强，誉满滇西，深受欢迎。兰坪境内盐矿丰富，不仅有喇鸡鸣井，还有温井、上井、期井、兴井、老四井、下井、小盐井、温庄井等盐矿。但是喇鸡鸣井产量最高，盐质最好，最为出名。据《新纂云南通志·盐务考》记载："云南各井盐质……矿卤气味最浓者，莫如喇鸡鸣井。"

喇鸡鸣井开发至今已有一百七十多年的历史，在滇西盛极一时。由于盐矿的开发，喇鸡鸣井受到官府的控制，设立各种机构。因此，啦井成了兰坪县政治、经济、文化的中心，也成了行政称谓名词。1950年，新中国成立后的兰坪县人民政府报请滇西北人民行政专员公署批准，县政府由金顶镇文兴搬迁到啦井，啦井成了县城所在地，依然是兰坪县政治、经济、文化的中心。1985年，

县城搬迁到金顶镇江头河后,啦井改设镇至今。

如今,站在老地盘山坡上俯瞰,谷底的啦井处在玉龙河岸的一个山坳里。玉龙河从东奔腾而下,到西面的西关桥,贯穿整个啦井街,只有四千米长。从东顺河而下,马道子、四方街、平街子、急坡街、西关桥的痕迹,依稀可见。一些古建筑,随着岁月的流逝,已不在人间。唯有盐场旧址上,高耸入云的烟囱还高高矗立在那里,向过往的人们证明这里曾经发生的一切。

流逝与记忆,撞击着人们的乡愁。

我们似乎还能清晰地看见,这个夹皮沟里四方商贾云集、八方马帮簇拥,各方口音混杂的熙熙攘攘与沸沸腾腾。我们似乎还能依稀地听见,清脆的马帮铃声和高亢粗犷而忧伤深情的盐马情歌!

一支支马帮从这里出发,载着兰坪的辉煌和祝福,向着原始丛林中绵延盘旋的古道进发!在走向远方的日子里,用风餐露宿、艰难困苦,在沧桑的大地上书写一个个如歌如泣的传奇故事!赶马人以英勇无畏的精神,或者以抛家别子的代价,甚至以付出生命的壮举,从一个山梁到另一个山梁,从一个火塘的熄灭到另一个火塘的燃起,从一天的日出到另一天的日落,他们用双脚打通了兰坪到外面世界的一条条通道。他们从兰坪运走盐,又从外地运来药材、牛羊皮等山货,建立了兰坪与外界交流的盐马文化走廊。他们不但引进了商贸物资,

桃花盐

而且传播了先进文化,为推进地域边远、封闭落后的兰坪的文明进步,做出了不可磨灭的贡献!

盐马古道

砍柴莫砍葡萄藤么

哎噻哩啰咪

有女莫嫁(诺耐)赶马人么

呢诺耐诺呢耐

…………

做人莫做赶马人么

哎噻哩啰咪

处处留下

(诺耐)冷火塘么

河西乡共兴村盐马古道

河西共兴盐马古街　　呢诺耐诺呢耐

　　歌词痛楚而无奈,浸透着赶马人长途跋涉的艰辛和难以释怀的苦衷;旋律苍凉而粗犷,飞扬着远方的思念和对家庭温馨的向往!这是回荡在横断山脉滇西北高原上的盐马情歌,悠悠岁月,一代又一代赶马人传唱不息!

　　赶马人的盐马情歌唱响了兰坪的盐马古道,然后唱到剑川、丽江,一直唱到西藏!盐马情歌唱到现在,依然深受大家喜爱,主要的原因是它常常唤起人们心中那份远古的涟漪,与马帮相依为命的那种无言的情愫!盐马情歌唱到现在,它见证了一方水土的日新月异,见证了跨越发展的交通事业!

盐马古道

茶马古道与盐马古道

兰坪盐马古道不是孤立地存在于澜沧江上游的深山老林中，而是与云南的茶马古道相连接。云南运出去的盐，很大一部分是来自兰坪的盐。兰坪的盐马古道在与剑川、丽江、鹤庆、大理一带的茶马古道相连接后，成为茶马古道的重要组成部分。

茶马古道，其实是茶、银、盐等马帮古道。茶马古道是专家学者提出来的一个综合性概念，内涵是文明文化传播古道、中外交流通道、民族迁徙走廊、宗教传播大道、民族和平之路。

木霁弘在《茶马古道考察纪事》一书中，是这样表述茶马古道历史成因的："公元前138年，张骞奉汉武帝之命出使西域——大月氏，在大夏见筇竹及木棉布，经详细询问，知道有一条商路从云南和四川通往身毒（印度）。"张骞出使西域，确认了云南很早就和现今东南亚、南亚、西亚、中亚有了交往，而汉武帝遣使者远征，让中原接触到西南边疆的文化。唐朝的樊绰写了一本很著名的《云南志》（也叫《蛮书》），书中详细地记载了滇茶入藏的道路。该路有两条：一条是从云南南部的西双版纳、思茅（今普洱）经临沧、保山、大理、怒江、丽江、迪庆到四川的甘孜及西藏的昌都、察隅、波密、林芝、

玉屏公园塑像

拉萨，再进入尼泊尔、不丹、印度、阿富汗；另一条是从四川的雅安出发，经康定到昌都的左贡同云南之道相汇。茶马古道在时间和空间上内涵宏大，它是亚洲大陆上庞大的以茶叶为纽带的古道网络。随着茶叶为载体的商贸日趋发达，宋、元、明、清历代大大强化了这条道路，由此形成了亚洲大陆最为庞大复杂的商业道路。

兰坪的盐马古道，像搭车般搭上了云南茶马古道，也为茶马古道增添了新的内容。兰坪的盐马古道主干线主要有两条，第一条是剑兰道。以啦井为起点，经金顶，翻盐路山，过羊岑，到剑川，销往滇西北大理、丽江、迪庆，从迪庆进西藏。特别说明的是，从南宋末期开始，兰坪的富隆厂、回龙厂、玉龙厂已经大规模地进行银矿的开采和冶炼。银商交易和上缴官府课银的马帮古道也经过这条，所以，此道也是银马古道，统称剑兰盐马古道。第二条是兰碧道。以啦井为起点，经营盘，过澜沧江，到碧江，销往怒江乃至缅甸部分地区。

啦井西关桥

剑兰盐马古道

一条路,就是一部历史。一串串脚印,一声声马铃,是记录历史发展的文字和音符!从啦井到丽江这条古道,就记录了一段盐马文化。

兰坪曾经属于丽江管辖,又是邻居,因此兰坪人自古就与丽江有千丝万缕的关系。想起先辈人到丽江求学、谋事或背盐经商,从啦井到丽江古道上的艰辛和苦难,情思如缕,感慨万千。

从啦井到丽江,要经过剑兰道,是历史悠久的盐马商旅通道,同时是兰坪通往内地的古通道。此道要翻越"盐路山",经金顶、马登、金华,白汉场至丽江,步行需六七天。啦井至金顶段,原经过九十九台坡,此道路长险恶,途中盗匪出没,生命财产难保。许多赶马人,不但赚不到钱,还赔了本。他们

金顶太平桥

无脸见爹娘，在伤悲的盐马路上，抹泪唱起了肝肠寸断的歌，抒发伤悲情怀。外出经商的可怜调、离乡别妻的相思调由此产生，创造了催人泪下的盐马文化。在山垭口建有"救命房"，供过往行人和马帮歇息、饮水和就餐。据许多老人分析，盗者，大多是"救命房"里守哨的人，蒙面黑衣，旅客不敢吱声。因此，有"救命房里出人命"一说，说明在那黑暗的旧社会里，百姓的生命财产安全难以保障。新中国成立后，县人民政府组织当地民工重新修建，并把"救命房"更名为"安乐房"。

1963年5月，剑兰公路全线贯通，结束了行走盐马古道惶恐不安的历史。5月22日，在县城啦井举行了通车典礼暨庆功大会，表达了共产党领导下的人民群众战天斗地的革命精神，也抒发了兰坪人民几代人的梦想终于得以实现的喜悦心情。21世纪以来，啦井到丽江的公路全铺成了黑油油的柏油路，坐上客车，行驶在平坦的路面上，半天就到丽江了。由于历史原因，在兰坪工作的丽江人很多，在丽江工作的兰坪人也很多。每逢节假日，他们走亲串戚，互游两地，早出晚归，似邻居串门。

如今，大理到兰坪的高速公路，已在紧锣密鼓地实施修建，兰坪通用机场预计2019年底通航，交通建设突飞猛进，封闭与落后一去不复返，马帮与古道已成为故事，兰坪人民将以秒的速度飞奔在"中国梦·兰坪路"的康庄大道上！

头发花白的老辈人总是捋着胡须说：晚辈真有福气，真有福气呐！我想确实是这样的，幸福的路还在后头呢！

盐文化纪念品

兰碧盐马古道

兰坪盐马古道有很多，除了上述剑兰道外，还有兰碧道、兰维道等。啦井至中排、石登、兔峨、通甸、河西都有驿道。除驿道之外，还有数条秘道，古称"鸟道"。"鸟道"就是贩卖私盐者，为逃避盐业税，所走的隐蔽小路。这些小路，险山恶水，更为惊险。

啦井到碧江之路，不是"鸟道"，是主要通道。从啦井出发，经营盘，过澜沧江，上恩罗，翻碧罗雪山，最后至碧江县城知子罗。此道步行约4天。这条路因山高路险，被老人称之为生命路。营碧段，清咸丰年间，恩罗村人和玉成及猴子岩村人和仁匡先后组织当地群众，开通从恩罗直达知子罗的羊肠小道。在碧罗雪山垭口一带建有前哨房、中哨房、后哨房，供过往人员及马帮歇息和住宿。此道使用时间最长，直到1988年六兰公路全线贯通才基本废止。

碧罗雪山海拔4140米，是怒江和澜沧江的自然分水岭，

兰坪与碧江、福贡的天然屏障。翻越此山，既是美景的享受，又是惊险的考验。白雪皑皑、古树参天、溪流轻鸣、鸟语花香。在声声马铃的伴奏下，赶马人会情不自禁地放开歌喉大声唱起山歌，顿时得到山野阵阵回应，心旷神怡。有时愁绪涌来，也低吟小调，抒发"断肠人在天涯"的思乡念亲之情。然而行人和商客印象最深的却是恐惧与凄然。有时山风大作，雪崩林啸，人仰马翻，不见尸首。有时野兽出没，虎啸狼嚎，令人毛骨悚然。有时盗贼拦路，财去人亡。特别是饿死、冻死无数，老辈人谈及此事，还惊魂未定，仿佛就发生在昨天夜里。在这么

险恶的古道上,每天过往行人络绎不绝,马帮不断,热闹非凡,主要是生活所迫和利益驱使。怒江沿岸的泸水、碧江、福贡、贡山的民众用高价换取食盐,盐商换来兽皮、贝母、黄连等珍奇物品,返销内地,交换牟利。新中国成立后,丽江、剑川、兰坪等内地人到碧江、福贡、贡山支边工作,大多也通过此道。他们跋山涉水,历尽千辛万苦,犹如红军长征,爬雪山,攀悬崖,不畏艰险,最终到达目的地,参加革命工作。当然他们经过长途跋涉的艰辛,比起过去安全多了。

1976年4月,啦井至营盘17千米路段修通,1986年底营盘至兔峨箐内51千米路段完成,1988年开通六库至兰坪县城客车。之后,随着兰坪铅锌矿的开发和国民经济的迅猛发展,兰坪交通网络四通八达,有剑兰公路、黄金公路、六兰公路、维兰公路、营维公路,还有数不清的矿区公路、林区公路、田间公路,至今已实现村村通公路。各种机动车辆已代替了人背马驮的历史,走驿路,钻"鸟道",已不复存在。

如今,通往怒江州州府六库的云龙到兰坪段,高速公路建设已经启动。保藏公路经过兰坪沿澜沧江北上。新生桥到啦井打通了4千米多的隧道,六兰公路缩短,等级也大大提高,在兰坪交通史上又写下了辉煌的一页!

啦井文化

啦井,海拔适中,盐井温泉泛热,玉龙河滋润,因此,气候宜人,花木葱茏,素有怒江"春城"之美誉,是兰坪县城的后花园。加之它的文化积淀与经济兴衰,都与盐有

富和山雾湖

❶ 筒盐
❷ 啦井老铺

关，是记忆中的古镇盐乡，所以，啦井文化在兰坪文化中独具特色，绽放出绚丽多彩的魅力！

这是各种文化的碰撞与汇集地。曾经的盐马古道，在文明传播中发挥着极其重要的作用，像一根情绳与周边各地民族紧紧连在一起，促进了民族融合与团结。啦井的民族很杂，许多外省盐商在兰坪定居，与当地少数民族通婚，成了当地少数民族。还有部分从临近鹤庆、剑川、云龙、丽江等地迁入兰坪定居。由此，啦井的民族，除白族外，还有世居白族支系那马人，及傈僳族、普米族、彝族、汉族等，几乎涵盖了兰坪的主体民族。

最敏感的是姓氏文化。姓氏，是一个人的家族血缘关系的标志和符号，同一个祖先繁衍的后代称为宗族。姓氏最早起源于部落的名称或部落首领的名字，其作用主要是便于辨别部落中不同氏族的后代。某一个村寨，或者某一个集镇，都以某个家族的姓氏为主，而啦井，由于多民族汇聚，大多数姓氏是外地姓氏，如欧阳、李、汪、周、赵、买、郑、和等，真正来自五湖四海。啦井，没有同一的家族，也没有同一的祖先。各民族、各方人士在这集散中心和谐相处，相互交流，共同孕育了啦井文化。

最受欢迎的是饮食文化和酒文化，啦井人做出的菜，色、味、形俱佳，美味可口。最出名的是啦井凉粉和豆腐，细嫩爽口。这既与啦井盐有关，又与啦井人从外地带入先进的烹调技艺有关，两者相辅相成。家乡人回乡，或者远方的客人路过啦井，首先要吃一碗凉粉，细细品味其中难言的诱惑，像找到了诗意，这样才有到了啦井的感觉。如今，在啦井盐场遗址，赵瑞龙先生成立了兰坪喇鸡鸣盐文化传媒有限公司。该公司的"盐焗鸡"鲜嫩可口，是难遇的美味。吃着盐焗鸡，一股浓浓乡情涌满全身。

啦井的盐文化逐渐退出历史舞台,酒文化却欣欣向荣。啦井东门有一个地名叫"马道子",是过去的跑马道。从马道子流出的清泉,用于酿酒,清香甘醇,回味无穷,闻名遐迩。现在的"马道子酒"系列有兰坪醇、盐井古酒、五味红等,畅销省内外。要想把"啦井"带回家,就带几瓶马道子酒,让亲朋好友品尝来自远方的甘醇与清香!

最令人向往的是节日文化。喇鸡鸣井曾造福一方,啦井人为之自豪。现在啦井兰坪盐矿因政策性因素已关闭,但啦井人以弘扬盐马文化为己任,啦井镇党委、镇政府定于每年的吉祥之日,也就是发现食盐的日子——农历八月二十五日,为盐马古道文化节,让世界了解啦井,让啦井走向世界。

朋友,要是你到了啦井,除了记住啦井是兰坪的老县城、革命老区外,记住这些文化,就记住了啦井!

马帮

澜沧江风光

杨玉科与盐马古道的桑梓情怀

> 杨玉科不仅是为国捐躯的清末抗法英雄,更是热爱家乡、建设家乡的赤心游子。他在兰坪盐马古道的改道与修缮、澜沧江畔盐商汇集地"营盘街"的创办、沧江书院的建校办学等方面做出了巨大贡献。

2016年10月24日,星期一,上午10时,兰坪县民族中学足球场上,彩球飘飞。县直属各单位干部职工和中小学生身着盛装,整齐列队,举行一场大规模盛会。

这是兰坪县在举行40集电视连续剧《悲壮英雄》的开机仪式,该剧由云南音像出版社、中共兰坪县委宣传部等单位联合出品,由山东德州国际影视金融产业试验区、上海亚洲电影艺术中心、上海震旦职业学院东方电影艺术学院、上海佳传文化传播有限公司等单位共同拍摄。

《悲壮英雄》讲述了清光绪年间中法战争时期,云南白族英雄杨玉科的故事。杨玉科因自办民团受朝廷重用,被册封为云南提督,驻防腾越抗英,战功赫赫。调任广东陆路提督后出关抗法,与越南忠义军首领黄廷经并肩战斗,与二夫人和金花生死相依。他和广武军在越南要塞观音桥和越南文渊(今同登)连战连捷,但最终被牵制和陷害,血洒疆场。

早在2000年,兰坪作家杨裕波先生撰写的《安南役》一书已正式出版。该书主要描述1884—1885年中法战争中,民族英雄杨

杨玉科像

玉科率领广武军将士英勇抗敌、喋血疆场的悲壮故事，全书共有10万余字。该剧本是兰坪县第一本文学剧本，实现了兰坪县文学剧本零的突破，同时还荣获兰坪县文学贡献奖。

据记者报道，杨裕波先生与原《国防战士报》主编、编辑处处长罗邦武先生共同将《安南役》改编成40集电视连续剧《悲壮英雄》。2012年2月，中共兰坪县委十一届三次全委会把推进《悲壮英雄》的创作生产写入报告，并拨付了前期启动资金。2016年新年伊始，电视连续剧《悲壮英雄》在昆明召开新闻发布会。

已过耄耋之年的杨裕波先生，在接受记者采访时，百感交集。"今天是不寻常的一天，因为我创作的这部电视剧《悲壮英雄》终于开机了，如了我的愿，遂了我的心。"

把电视剧《悲壮英雄》搬上荧屏，这不仅是杨裕波老人的心愿，也是全县各族人民的心愿！这不仅是对抗法英雄杨玉科将军的敬仰，更是深切缅怀杨玉科将军热爱家乡、建设家乡的桑梓情怀！杨玉科将军在兰坪盐马古道的改道与修缮、创办澜沧江畔盐商汇集地"营盘街"、建校办学等方面做出了巨大贡献！

杨玉科生平

杨玉科（1838—1885），字云阶，白族支系那马人，云南省兰坪县营盘镇沧东村委会西营村人。

清咸丰六年（1856年）八月，杜文秀在大理建立政权后不久，就派大司卫姚得胜率领武装来管理喇鸡鸣盐井。此时，杨玉科也经常来往于喇鸡鸣井、营盘之间贩运货物。咸丰十年（1860年）冬，杨玉科在喇鸡鸣井行商时，得罪了姚得胜后逃

清朝授匾

走,投奔清军,效忠王室。他以"勇猛异常,调度有方"不断被清政府加官晋爵。历任鹤丽镇、开化府(今文山)总兵,云南提督,广东省高阳镇、阳江镇总兵,广东省陆路提督等职。

光绪十年(1884年)八月二十三日,法国侵略者发动"马尾海战",并侵占安南(今越南),进犯广西边境,清政府被迫向法宣战。杨玉科以"才略出众,饶有气概,点阵勇往,实为边才之选"而被保荐镇守粤西。杨玉科率领由云南各族子弟组成的广武军奔赴广西凭祥,统领粤西防军,支援陆路东线战场的抗法战争。他向部属表示:"我杨玉科是中国堂堂男子,肩有保国卫民职责。古人说过,马革裹尸而还才算光荣,大家跟我多年,这就是报国的最好机会,大家要同心协力,把洋鬼子杀得片甲不留,这才算是英雄。"即率领广武军九营四千余人,于同年九月抱病出征镇南关(今友谊关)抗法,镇守谅山府。十一月二十八日,奉潘鼎新之命,统领中路十二营,驻守观音桥。光绪十一年(1885年)二月二十三日,在乘胜追击法军中,不幸中弹,血洒疆场。杨玉科为国捐躯后,由其侄杨汝翼命人负回关内(即友谊关)安葬,后发回湖南长沙。噩耗传来,国人无不悲痛。越南人民也为之洒泪致哀:"快哉安南役!壮哉武愍公!""我滇人啊、我滇人,大纪念,万众齐歌颂!"云南各族

营盘镇全景

人民听到杨玉科将军在抗法战争中为国捐躯后,以歌声沉痛悼念这位爱国将领。

《中国民族史人物辞典》中写道:"1884年,中法战争爆发,率广武军出镇南关(今友谊关),进驻谅山,设伏大败万余法军,数战皆捷,毙伤大批法兵。因西线主将、广西巡抚潘鼎新不战自退,弃谷松、观音桥、车里和谅山,撤入

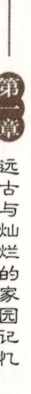

第一章 远古与灿烂的家园记忆

关内，杨玉科孤军奋战，未能奏效。法军北上，直抵镇南关。1885年初，誓死出关奋战，击退法军，乘胜追击。不幸中炮身亡，妻牛氏亦以身殉夫。清廷追赠太子少保，谥武愍，于大理、镇南关建祠祀之。"

修缮盐马古道

人们常说："金窝银窝不如我的草窝窝。"这是赤心游子的家乡情怀，这是远离故土之人感恩家乡的肺腑之言！

杨玉科将军就是这样知恩图报的人，他虽然已身居要职，高官厚禄，但仍常念生他养他的那块巴掌大的西营村。他是喝着澜沧江的水长大的，他是吃着啦井的桃花盐长大的！没有家乡这块被困苦与饥饿折磨的土地，也成就不了杨玉科精忠报国的英明。杨玉科发迹后，多次回乡省墓，每一次回乡他都力所能及地为家乡做一些造福百姓的善事。

最让他头疼的是兰坪的盐马古道，山高坡陡，行路艰险。剑兰古道必经之地盐路山，属云岭山脉，主峰海拔4295米，巍峨雄壮，浑厚高大。峰岭逶迤，溪涧纵横，山高岭峻，行旅艰难，常遇风霜雨雪阻滞，如临险境。他深知，路对于一方经济文化发展繁荣的重要性。清同治二年（1863年），提督杨玉科派都司王武然，盐大使刘克让、许有书对盐路进行了一次大规模的修缮。对部分行路艰难的路段用石板铺垫，把路面拓宽到1.5米，让马帮可以对头让路。

同治十二年（1873年），云南开化镇总兵杨玉科回乡省墓时又资助对原盐马古道进行了改道，大大缩短了路程。新驿道从啦井三岔河起，避开九十九台坡，由东南顺箐沟上至山顶，再顺箐沟而下，过大石桥至金顶。比原路近了10千米，而且坡度平缓，赶马走路比原路轻松许多。

❶ 沧江书院条规
❷ 杨玉科墓碑文

光绪二年（1876年），杨玉科回乡省墓时又对啦井至营盘段进行改道，改为啦井—红土涧—小河边—营盘。路程缩短，路面拓宽，炮车驮载均可通过。

现在，此道上的大石桥和部分石板还在。石板上深凹的蹄印，像一枚枚大印章，镌刻着杨玉科将军桑梓情怀的红心！青苔与松毛，掩盖的是岁月，却掩盖不了散落在岁月深处一首首游子火热的诗行！

创办营盘街

澜沧江在碧罗雪山山脚奔腾而下，在澜沧江上游岸边，有一个小村叫"西营村"。村头有个缓坡地叫"营盘"，它因杨玉科回乡时，军队在此安营扎寨而得名。

营盘是澜沧江畔的交通咽喉，也是盐商交易集散地。从营盘东可至大理、丽江，南可至大华、兔峨直到云龙、保山，西可至碧江、福贡，北可至石登、中排，经过"鸟道"进入维西，直至迪庆。从啦井下来的马帮在此留宿，将驮来的盐货商品在此交流，再分配到各地。因此，营盘是很重要

杨玉科家规碑

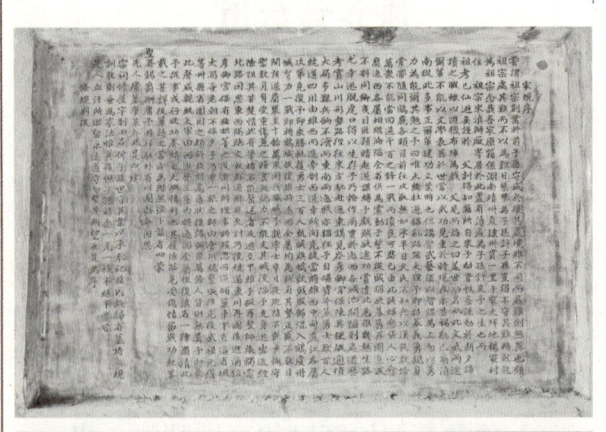

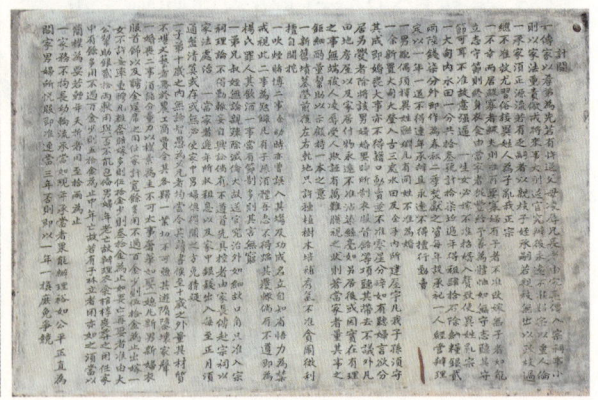

的盐运中转驿站，但还不是一个贸易集市。

这个"营盘街"，有着美丽的民间故事。传说，杨玉科小时候家境贫寒，到中排一带谋生。路上，饥饿难耐，恰好遇到一棵果实累累的梨树，就摘来吃个饱，然后到岩头村傈僳族清东扒家过夜。清东扒正好用大筐梨子喂猪，他觉得清东扒用梨子喂猪太可惜，建议背出去卖钱。清东扒说没地方去卖，年少的杨玉科就牢牢地记住了清东扒的话。后来他回乡期间，就在营盘修建了十来间铺面，请周边各县的商人来做生意。然后就派人到岩头村请清东扒来卖梨子，果然很好卖。

营盘街逐渐繁华起来，范围扩大到南至兔峨的怒族，西至怒江沿岸的傈僳族，北至中排石登、维西的白族那马人和汉族均到此赶集，八方百姓聚集在此，进行买卖牲畜、药材、山货、日用商品、盐巴等物资交流。他们即使不是同一民族，也在街子上常常欢聚吟唱，抒发欣喜或悲伤情怀。怒族人的《哦得得》、傈僳族的《摆时》、白族那马人的《开益》，不同的歌调同时在营盘上空回荡。他们在辛酸与欢乐中，结下了深厚的友谊。

杨玉科虽然不是地方父母官，但他一心为民、为家、为国的崇高品质和人格魅力，受万民敬仰和拥戴！他的爱国精神，为后来他誓死抗法、血染疆场的英雄壮举奠定了坚实的思想基础！

沧江书院

兴办沧江书院

杨玉科将军深感家乡"地太边鄙，汉少夷多"，于是，建了沧江书院。

沧江书院位于兰坪县营盘镇所在地营盘街西，由门楼、两耳房、正（楼）房组成的四合院。正房通面阔五间（正楼三间左右夹间）20.50米，进深7米，占地475平方米。门楼右山墙两方嵌有"沧江书院序、条规"，立于光绪三年（1877年）春。杨玉科捐出一笔巨款，动工营造了结构严谨、宽敞宏伟的四合院，并亲自题名"沧江书院"。为解决书院的日常经费，还捐资购置良田四十六分，每年收租谷六十七石二斗，作为书院的经费，和支付教员的薪金和学生书籍、笔墨纸张费用。对于家境贫寒的学生，免收学费，还补助部分口粮，并把这些规定命人拟成条例，刻于石，以昭后世。

沧江书院于光绪四年（1878年）开始收徒办学，在辛亥革命前的三十多年间，先后有三百多人在此读书学习，对边疆传播文明、孕育文化做了一定的贡献，在民间久为传颂。

辛亥革命中，沧江书院改名为营盘边民小学。抗日战争后又改名为"营盘镇中心小学"，设高、初级两部，其经费除地方略作补助外，主要靠继续收取原来的租谷。

新中国成立后，沧江书院是营盘区中心完小的所在地。到1956年，沧东完小盖了新校舍迁走。原址进行了翻修，又在里面办起了区卫生所。卫生所迁走以后，办起了沧东幼儿园，直到现在。

杨玉科将军在兴办教育中，最难能可贵的是，在营盘推广说汉话。他回乡后，看到家乡人都说那马话，会说汉话的人很少。他想，不会说汉话，怎么与外地人做生意？家乡怎么兴旺发达？于是他请来五个景东汉人，教营盘人说汉话。为了鼓励百姓说汉话，他还拿出钱，奖励给积极学汉话的人。于是，营盘人纷纷学汉话，蔚然成风。现在有人说，营盘人的汉话与景东口音相似也是因为这个。

1986年6月20日，沧江书院经县人民政府批准公布为县级重点文物保护单位。

杨玉科家祠全景图
（赵树桂 绘）

修建古建筑群

爵府，坐东朝西，面向碧罗雪山，脚下澜沧江绕山流过。爵府规模宏大，气势雄伟，雕梁画栋，富丽堂皇。整个爵府，由三正一照、四耳八漏组合而成。一进三院，从临街照壁两边的大门进去，过院坝上双狮对望的如意台阶到前堂，檐下嵌一块红底金字的匾额上书"将军第"三个大字。进门转入中堂，堂前檐柱上有一副木刻对联："能友兄弟亦为政，欲贻子孙唯以安"，系云南巡抚岑毓英赠，上方横批是"滇云保障"四个蓝底金字。进中堂过院坝即到大堂（也称大殿）。全院爵府有七十二道门。北边紧连花园，南面为杨氏宗祠。

杨玉科将军引进外地树种，种植于爵府庭院内外，丰富了兰坪植物资源。现在幸存的有以下几种：一、中国梧桐，皮青如翠，叶缺如花，妍雅华净，赏心悦目；二、滇枣，枝繁叶茂，盛果不衰；三、白花石榴，石榴一般开红花，唯此类开白花，十分珍贵。这几种都是著名庭院绿化树种。现在都有上百年树龄，给旅游者增加了新的观光体验。

杨氏宗祠建于同治十一年（1872年），与爵府同时落成，一进两院，由照壁两边大门进去，过院坝即到过道堂房，再由过道堂房进入过院坝即到宗祠。宗祠内供奉杨氏历代祖先牌位。占地面积826平方米。

光绪二年（1876年），杨玉科回乡省墓，立下家规碑共13条。告诫子孙"予将移驻外省，因思第二先人陵墓肇基放此，是以建宗祠、修屋宇、置田产，俾子孙世守其业，以承奉祀。兹因旋归省墓，特立夫训数则，垂为家法，惟后世子孙，时念一瓦一椽，半丝半粟，皆先人血汗所贻留，永远遵守，是所望也。"该碑嵌于过道堂房南墙上。营盘老年协会

于 1998 年 12 月 20 日，在宗祠正房前落成了杨玉科将军塑像，正房内设了杨玉科事迹陈列室，供人参观。现在杨玉科宗祠已被兰坪县人民政府列为爱国主义教育基地。

清同治十二年（1873 年）五月，杨玉科建造魁星阁。阁为斗拱形，重檐歇山顶，三层，第一层高 3.12 米，第二层高 2.65 米，第三层高 2.46 米，全高 10.23 米。面阔 12.1 米，进深 7.7 米。

1986年6月，经兰坪白族普米族自治县人民政府批准，公布魁兴阁为县级重点文物保护单位。

2005年，杨玉科家祠建筑群被云南省人民政府列为省级重点文物保护单位。

❶ 杨玉科家祠建筑
❷ 杨玉科捐资修建的魁星阁

第二章

沧江峡谷之上

怒江、澜沧江和金沙江自北向南并行汹涌奔腾而下，穿行于担当力卡山、高黎贡山、怒山和云岭等崇山峻岭之间，故名"三江并流"。而兰坪，恰好处在进入"三江并流"区域东西两边最捷径的南端位置上，被称为"三江之门"。兰坪因拥有亚洲第一大铅锌矿床，又称"中国绿色锌都"。独特的地理区位优势、丰富的自然资源，为兰坪的腾飞插上了强有力的翅膀，在澜沧江峡谷上空翱翔！

三江之门

兰坪是连接金沙江、澜沧江、怒江的唯一门户,是进入"三江并流"区域的唯一垭口,是连通三条大江唯一的交通枢纽,是"三江并流"中轴线的唯一起点。从兰坪进入孤寂的"三江并流"区域,寻找一份意外的心灵邂逅,感受被释放的、被唤醒的人生激情。

怒江、澜沧江和金沙江自北向南并行170多千米,穿行于担当力卡山、高黎贡山、怒山和云岭等崇山峻岭之间,故名"三江并流"。"三江并流"区域海拔变化呈垂直分布,从760米的怒江干热河谷到6740米的卡瓦格博峰,汇集了高山峡谷、雪峰冰川、高原湿地、森林草甸、淡水湖泊、稀有动物、珍贵植物等奇观异景,在面积3.4万多平方千米的范围内设立国家重点风景名胜区。这里生活着14个民族,其中白族、普米族、傈僳族、彝族、怒族这5个少数民族为当地的世居民族,其民族风情、民族文化丰富多彩。

2002年我国把"三江并流"国家重点风景名胜区作为唯一的项目向联合国教科文组织申报世界自然遗产。2002年10月,联合国教科文组织世界遗产中心委派国际自然保护联盟专家,对"三江并流"申报世界自然遗产进行了实地评估考察。国际自然保护联盟的专家将其讨论通过的对"三江并流"列入世界自然遗产的评价报告,提交由2003年6月30日至7月5日在法国巴黎召开的第27届联合国教科文世界遗产大会审议通过。"三江并流"区域包括迪庆藏族自治州、怒江傈僳族自治州和丽江地区(现为丽江市)。从

兰坪白族普米族自治县成立30周年庆典大会

地图上看,兰坪就处在"三江并流"的门户位置。

进入"三江并流"区域的天然垭口

怒江、澜沧江、金沙江三条大江被高黎贡山、怒山、云岭三大山脉挤压在一起,构成了横断山脉的主要体系。横断山脉之所以"断",是因为欧亚大陆的山势都是东西向延伸,只有横断山脉是南北向,打断了一个板块的状态,切断了东西交通。山脉高耸、峡谷深切成为这个区域的总体特征。如何进入这个区域,这是开发保护和进入"三江并流"区域旅游观光的最大问题。这个区域的山脉和河流如木梳般由北向南而去,高黎贡山、怒山、云岭和怒江、澜沧江、金沙江是一个割不断而又不相统属的整体。在喜马拉雅山和横断山脉交界的地方,三江开始结伴而行,要在那里寻找进入"三江并流"的大门是不可能的。那么,只有从三江分别的地方选择大门。而兰坪正是三江结伴而行后分手惜别时进入这个区域最合适的入口。在金沙江告别怒江、澜沧江折东而去的位置,老君山山脉斜插到澜沧江和金沙江之间,金沙江向东而去,在它的南麓劈出了一道进入"三江并流"区域的天然垭口,兰坪犹如建在垭口上的一个驿站,驿站串联着南北东西,成为进入

通向梅里雪山的公路

"三江并流"区域的天然之门。

兰坪境内老君山南麓和雪邦山之间有一个狭长的坝子，历史上称为兰州坝，从剑川马登、上兰到兰坪的通甸、下甸，南北延伸60多里。在横断山纵谷区和高山峡谷的"三江并流"地区，兰州坝是最为难得的坝子。1956年后坝子的一半隶属大理白族自治州剑川县，另一半属兰坪县。尽管只是一半，但已经是怒江州1.47万平方千米的国土面积中最大的坝子了，被誉为怒江第一坝。从通甸开始，坝子中有从姑娘山分水岭流下的通甸河贯流其中，通甸河是"三江并流"区域唯一逆向向北流的河，全长81.4千米，流经通甸、河西、中排三个乡镇，到中排后被称为碧玉河。在兰坪最北端的中排碧玉河村与迪庆藏族自治州维西县交界处注入澜沧江。因为通甸河向北流，与云岭北高南低的走向相反，河谷不断深切，两面高山甚是伟岸，犹如沧江峡谷。和通甸河同时发源于姑娘山的沘江，则是顺势南流，到云龙境内的功果桥后流入澜沧江。通甸河北流，沘江河南行，澜沧江穿过兰坪境内，正好把兰坪县的主体部分割成一块两头尖中间厚的山体，这条山脉如一块碧玉，当地人称它为玉屏山。玉屏山的北端和老君山山脉的西北端形如进入"三江之门"后的两条长廊，护拥着进入"三江并流"腹地的通道，兰州坝东北面的老君山和西南面的雪邦山，犹如"三江并流"大门的卫士，守望着进入"三江并流"的过往客人。

全天候通往梅里雪山的唯一门户

作为大门，兰坪是全天候进入"三江并流"到达梅里雪山的唯一通道。目前到达梅里雪山的一个通道是滇藏214国道，这条路必须翻越海拔 4292 米的白茫雪山垭口，冬天基本上是大雪封山。另一个通道是从兰坪进入"三江并流"区域，选择滇藏公路复线维（西）兰（坪）的线路，以大理为起点经洱源—剑川—兰坪（沿澜沧江东岸）—德钦—梅里雪山，这条路最高海拔不超过 2700 米，不翻雪山，不跨大江大河，一年四季都可以到达梅里雪山。这条路线的兰坪至德钦段，自古以来就是著名的"银（盐）马古道"。历史上兰坪因盛产银、盐而享誉滇、川、藏，这两种东西是藏族地区没有，而藏族居民非常喜爱和不可缺少的生活品。当时的古道，从兰坪进入维西、中甸（今香格里拉）、德钦，沿澜沧江溯江而上，兰坪中排富隆厂、石登回龙厂的银和啦井、金顶老姆井、河西高轩井的盐，由马帮源源不断地运往藏区，途经沧江沿岸的古道从啦井、石登、中排到维西的维登（原属兰坪）。另一条通道从啦井翻越玉屏山到金顶，再从通甸、河西沿通甸河进入维西。两条路汇集在维西境内，沿澜沧江的路是从维登北进到白济汛、康普、叶枝、巴迪、燕门，最终到达德钦，还可以延伸直通西藏。兰坪北面的"银（盐）马古道"始终是兰坪连接藏区的重要通道，进入维西后还可以分路到塔城、中甸、丽江。这是一条不受气候、季节、山川、河流的影响和阻隔，全天候到达梅里雪山的路。兰坪自然也成为通道的唯一门户，无可替代地成为到达德钦这"三江之魂"秘境的大门。

连通三条大江唯一的交通枢纽

目前进入"三江并流"区域的通道无外乎三条：一是大理—鹤庆—丽江—中甸—德钦，全程 563 千米；二是大理—洱源—剑川—石鼓—维西—白济汛—德钦，全程 599 千米；三是大理—永平—六库—福贡—贡山，全程 472 千米。这三条路都能进入"三

澜沧江峡谷营盘段

江并流"区域观光旅游，这进入"三江并流"区域的三条路，是断头的路线，必须返回大理或丽江，不是一条连通三江的线路。"三江并流"并非一组平面的单元，而是一组立体的单元，既是"三江并流"，也是高黎贡山、怒山、云岭"三山并走"，是一组相对独立、相互阻隔封闭、"鸡犬相闻而老死不相往来"的区域。如何安全、通达、便利、经济地进入"三江并流"腹地，上述的大理—洱源—剑川—兰坪—德钦，是一条理想的路线。从旅游通达的角度，大理到兰坪后分路，北上德钦，东北接丽江，西进怒江大峡谷，南下云龙—永平—保山，可以全方位进入"三江并流"区域。"三江并流"南北纵横，山河阻隔，却在兰坪形成北上南下、东连西进的交通中枢，在"三江并流"区域的4个州市8个县市（兰坪、泸水、福贡、贡山、德钦、香格里拉、维西、丽江）中，只有兰坪是唯一串联三条大江的县。兰坪东南西北的道路全面开通，兰坪事实上已成为进入"三江并流"区域的交通枢纽，兰坪也自然是汇集各方来客进入"三江并流"的大门。

"三江并流"中轴线的唯一起点

横断山脉是世界独有的平行岭谷，兰坪—维西—德钦中轴线，与三江平行，又是穿过三江中线的线路，也正好经过目前划定的"三江并流"风景区。这条中轴线路沿河谷进入"三江并流"区域，有利于开发和保护"三江并流"世界自然遗产,也为各个层次的旅游者提供广阔的选择空间。澜沧江在怒江和金沙江的拥护下进入兰坪,沿澜沧江而上兰坪至德钦的线路可以使旅游环线覆盖整个"三江并流"区域。兰坪既扮演大门的角色,又承担中轴线的启程站,是进入金沙江、怒江最近的通道。

"三江之门"是开放的、包容的,普米族的几次迁徙,走过千山万水,到了兰坪就再也不走了;怒族逃离怒江,到了兰坪也不再前行;彝族从大小凉山出发,兰坪是最后一站;汉族兄弟来开发兰坪的矿产资源就沉浸于此。民族的融合和融洽相处在这里得到了充分的体现。"三江之门"又是传统的、封闭的。这里保留了白族最古老的文化,白族那马人的《开益》如《离骚》般的韵文;傈僳族荡气回肠的《摆时》,保留了最纯真的傈僳味;700年以前进入兰坪的普米族歌舞没有受藏文化的影响……歌山舞海的兰坪为"三江之门"注入了神奇的魅力。来"三江之门",在这里寻找的是那一份"意外"或一次心灵的邂逅,一种被释放、被唤醒的人生激情。

澜沧江峡谷黄登岩电站大坝库区

沧江峡谷之上

澜沧江和碧罗雪山唇齿相依，流经、横亘兰坪境内 130 千米，孕育滋养了沿岸的人。澜沧江讲述了流传久远的故事，培育了英雄，散播了文明。白族那马人、傈僳族等独具民族特色的民族文化依旧保留完整，悠悠的民歌一直回荡在沧江峡谷之上。

大气磅礴的碧罗雪山雄视着万古流淌着的澜沧江，为我们提供了无限广阔的审美空间，绚丽多彩的民族文化，厚重的历史人文景观，让我们永远满怀着激情和梦幻去探究。携手怒江和金沙江的澜沧江犹如一条青龙奔腾在高山峡谷间，讲述和见证了一个又一个动人的故事。肩挑怒江和澜沧江的碧罗雪山宛如一条银色的巨龙横亘在怒山上，绘就了一幅又一幅美丽的画卷。

源远流长的澜沧江

澜沧江两岸的白族那马人把澜沧江称为"挪冲功"，"挪"是白族对"龙"的称谓，"挪冲功"翻译过来就是龙奔驰翻腾的江。澜沧江之名最早出现于西汉，《唐会要》卷七十三记录："汉以得利既多，历博南山，涉兰仓水，更置博南哀牢二县。蜀人愁怨，行者歌曰：历博南，越兰津，渡兰仓，为他人。"这是史书第一次提

澜沧江峡谷石登小格拉山

到澜沧江,史书里还有这样记载:唐初"浪人"的主要聚居地是今天的保山、云龙和兰坪、维西等县所处的澜沧江沿岸。"兰"即"浪"之转音,即浪溪、浪州、浪坪,是"浪人"的住地。"澜"古作"兰"或"浪",也可作"那",都是同音异写的汉字。史书里记载的"浪人江",其实也就是白族那马人居住地方流过的江。这就说明了白族那马人很早以前就居住在今兰坪一带的澜沧江边了,到现在少说也有两千年的历史。我们可以这样断言,澜沧江是因"浪人"而得名的。兰坪在大理国时期,称为兰溪,有郡的设置,元至元十年(1273年),才

黄龙坝的澜沧江弯

改为兰州，其管辖地区包括今剑川的老君山镇（原上兰乡）和马登乡。民国成立以后县衙设金顶白地坪，取其尾"坪"字，成为现在的"兰坪"。一千多年来，"兰"字一直不变。

一条澜沧江把兰坪切成两半，江两岸的人们也习惯地分了江东和江西，也分成了两岸不同的风景。碧罗雪山如银龙腾跃绘就千瀑百湖的画卷，代表了江西的特色；江东则以丹霞地貌、花海草甸以及珍禽异兽分布在云岭深处。"沧浪之水清兮，可以濯我缨。沧浪之水浊兮，可以濯我足。" 人不仅要刚直进取，也要有豁达的心胸。我们暂且用屈原的这个理念看澜沧江，澜沧江不仅养育了两岸的人，也用博大深厚的情怀深深影响着两岸人的性格。

4904千米的澜沧江，在兰坪境内只有130千米，却将兰坪切

割成深谷断裂，峡谷坡面几乎呈垂直状态，形成了高山耸立、深谷险壑、曲折回转的景象，江流急湍汹涌，迷雾缭绕，令历经之人叹为观止。澜沧江在兰坪短暂的旅程诞生了很多美丽的传说故事，也养育了英雄与传奇。

有这样一个民间传说，澜沧江女神从青藏高原出发，日夜奔腾不息地去找寻自己的妹妹金沙江，可是怎么也追不到调皮的金沙江妹妹，到了石登境内的小格拉、大格拉这个地方，累了，也饿了，于是垒了三个石头搭起灶烧火做饭。她垒下的石头疯狂地生长，大有直冲云霄、堵住当地人们出行的势头。为了抑制石头的生长，观音菩萨就把长得最快的石头抱走了一部分厝到澜沧江西岸，这样石头就不敢生长了，也为当地人们出行带来了便利。后来，人们将这里称为"观音锁"，锁住了奔腾怒吼的澜沧江，江水在这里来了个回流湾，平缓下来继续向南方流去。

小格拉山被抱走的地方形成了一个大溶洞，里面石床、石凳等一应俱全。在以后的日子里，当地老百姓需要用炊具的时候就向小格拉山神请愿，第二天，所需要的东西就会摆出来供大家使用。先辈们说，这是澜沧江女神留下的炊具。现存兰坪县文管所的一把石斧就是从那个山洞里发掘出来的。澜沧江女神搭起的三个石头便成了现在的小格拉山，在崇拜自然的年代，澜沧江周围的村村寨寨，甚至居住在怒江两岸的人们，每一年都要面朝小格拉山朝拜，祈求人寿年丰、风调雨顺、六畜兴旺、五谷丰登。小格拉山被神化了，如今还屹立在那里，登临山顶，品味传说，感觉自己也飘飘欲仙了。

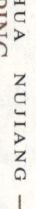

❶ 碧罗雪山—营盘境内
❷ 碧罗雪山拉古龙潭

澜沧江由兔峨往南到大理的表村就离开了兰坪境内，澜沧江在兰坪的旅途是短暂的。但一座神秘的山，一个美丽的故事，却给人们留下了无限的想象空间。

让人惊奇的怒山

住在澜沧江边的白族那马人称碧罗雪山为"挠诗"（是白族那马人语，指怒族人居住地方的山），即怒山，又称之为"碧罗诗"（"碧罗"是白族那马人语，草莓的意思，"诗"是山，也就是草莓山）。我无从考证对山名的来历，一个山名就从小让我产生了无限的想象，一个名叫"碧罗"的山会有多少草莓啊？

被怒江和澜沧江切割的怒山，北高南低，人们习惯称兰坪、维西境内的怒山山脉为"碧罗雪山"。碧罗雪山由维西经中排、石登、营盘、兔峨后延伸入云龙县，是澜沧江水系与怒

江水系的分水岭，全长 120 多千米，占地面积约为全县总面积的三分之一。碧罗雪山上有无数高山湖，其中面积在 500 平方米以上的湖泊有 33 个，历来有"千湖山"之称。典型的山地植被垂直带景观，有长达百余千米的杜鹃走廊。这里为人类提供了森林、动物、植物、水文、地质、地理、气象等珍贵的自然生态的原始底本。

我家就住在澜沧江的江东，面对澜沧江西岸的碧罗雪山，从有记忆的时候起，碧罗雪山山顶一年四季都是白雪皑皑，早上起床出门第一眼看见的就是碧罗雪山。看雪山成了我的一个习惯，很多时候我看着雪山会痴迷发呆，它离我这么近，却又那么遥远。看见白雪皑皑的雪山心情会特别好，要是乌云挡住了雪山，心情就会莫名其妙地郁闷。想着什么时候才能爬到山顶看一看呢？

第一次翻越碧罗雪山是 1980 年 8 月，那年我 15 岁，大哥及姐夫送我去六库读书，从营盘的恩罗走，翻越碧罗雪山，到达碧江县知子罗。那次，直耸云霄的岩峰仪态万千，怪石嶙峋，掩映在变幻莫测的

碧罗雪山

云海中,以及夜宿"救命房"体验鬼怪野兽嗷叫的惊险,给我留下了难忘的印象。

第二次登碧罗雪山是在1998年的5月底,真正目睹了碧罗雪山的风采。这一次陪着云南电视台节目组的人工作,中排乡政府安排从澜沧江西怒夺村出发,当晚到老窝村。第二天村组长带着村里的老乡,背着行李与我们一起去寻找老窝山的秘境。我们从老窝河沿河而上,听轰鸣的老窝河水声就知道路有多么陡峭。走了三个多小时,我们进入了原始枫树林区,刚才震耳的水声逐渐消失在身后。汹涌怒吼的老窝河,此时已逐渐变得温柔。眼前便是一片茂密的枫树林,艳丽的阳光洒落在布满苔藓的小道上,从雪山上流下来的溪水每隔几步就有一股,我们像是在水帘里散步。阳光洒落在透明的溪水里,使得这空灵的枫叶世界活跃起来。枫树林尽头是一片开阔的沼泽地,水与草相映成趣,周围山峦上的植物群落生机盎然,阳光把澄静

❶ 白族那马人情歌对唱
❷ 傈僳族青年男女情歌对唱

的水色镀染成绿色的青纱。潺潺的细微的响声，是水与草的呢喃，是风与树的拥舞，抑或是绿色生命自身在灿烂的日光中舒络筋骨的微响？相信眼前的一切不是梦中的幻境。倒映在水泽里的树木、蓝天、白云，星星点点，那是一幅绝美的山水画，让劳累的身心一下子朗润起来。

走完这片水草甸，我们就进入了巨树参天、藤蔓盘结的原始森林区。这里基本上是高大的冷杉，所有的生命都拼命地向上抢占空间，在这丛林里到处是绿色，我还从未见过大山滋养着这样绿色的地、绿色的树、绿色的水。一片绿色的世界，我甚至幻想着自己也变成这绿色中的一员，与绿色融为一体。我感觉到了生命的纯粹。

沿途艰辛及流多少汗自不必说，只有通过努力才能达到自己的目标。快走完冷杉林的时候已经是下午5点多了，老窝村的组长告诉我们，圣湖（尼布依比湖，老窝村民将它作为自己信仰崇拜的尊称）马上就到了。组长跟我说，拍照片就站到高点的地方，指引我去另一个方向，我一个人朝那个方向去了，登上岩石，还未拿出相机，眼前的尼布依比湖就使我"惊呆"了，几万平方米的湖水乍一看黑黝黝的，那尼布依比湖的深邃震撼了我。湖四周被杜鹃花海和冷杉紧凑地包围着，我无法用我所学到的语言表达当时的心情，仿佛到了仙境。夕阳西下，微风阵阵，湖面泛起涟漪，飘落在湖里的木头随着微波在湖里时隐时现，让我突然想起这不就是昨晚在老窝村里村民们讲的湖里怪兽的故事吗？当晚，我们一行人住圣湖边，大家酒喝半酣，村小组长兼向导开始向我们介绍傈僳族的历史。他说，傈僳族的根在澜沧江，澜沧江是傈僳

老窝山尼布依比湖晚霞

的大本营。至今，怒江边的傈僳族老人都说怒江两岸的傈僳族都是从澜沧江边搬过去的。他继续跟我们介绍傈僳族的民间文化，傈僳族的民歌是大气磅礴的，几个人、几十个人甚至成千上万人都可以一起唱，"摆时"（傈僳族民歌）的几声部自然分成，天然而和。万人唱起"摆时"来会地动山摇，唱得江水倒流，唱得月亮弯腰，唱得太阳乐呵呵。说着说着就开始唱起来，同行的傈僳族的伙子姑娘们的"摆时"歌声开始响彻圣湖，在圣湖上空荡气回肠。一时忘记了老人的嘱咐——在湖边切勿大声喧哗，会惹怒湖里"怪兽"的。果然，歌声惊醒了圣湖里的"怪兽"。刚刚还是星星满天的天空突然乌云密布，随即就下起雨来，让我们在黑夜中领略了大自然的"多变"，大家再也不敢出声了。

　　第二天，从圣湖出发，走了三个多小时爬上雪山顶，眼前一亮，天气出奇地好，蓝天离我们很近。站在境内最高峰（海拔4435.4米）的老窝山主峰上，看着宛如一条银色的巨龙腾跃在"三江并流"的万壑千峰之间的碧罗雪山，无数的湖泊以及那断崖上的千百瀑布展现在眼前了。雪山融化之水从四周山顶流下，在陡峻的危岩上汇成了千百个瀑布。雪

碧罗雪山猴子岩龙潭

水从湖中溢出，穿行于艳丽无比的杜鹃花海之中，再一次跌落时又是十几个湖泊，连绵不断。潺潺的溪水，幽幽的湖泊，花海、红叶、冷杉则点缀其间，千瀑百湖尽收眼底。老窝山不就是一幅绝美的山水画吗？不论谁身临其境都会感叹大自然的鬼斧神工。跌宕起伏的心灵已经不再，觉得身心一下子全部放空了，一个远离世俗的地方，一个远离尘嚣的地方，这不就是人间的净土吗？

几年前的一个端午节，一次偶然的机会，我和几个朋友相约第三次登碧罗雪山。这次是从石登谷川村谷仁组往上爬的。我们五点半就从村子里出发，走了七个多小时，到了雪山峰下一片非常开阔的草地，当地的白族那马人说这里叫"策鼎裹"（白族那马人语，意思是深山老林）。眼前是被大雪压熨得平平整整的成片成片的高山杜鹃花林，清澈见底的溪流在杜鹃花林下潺潺流淌着，那随

老窝山湿地

风摇曳的杜鹃花掩映在水面，杜鹃花瓣游动的身影恰似仙女步入花园，盛夏耀眼的阳光洒落溪流上，变成绚烂的银光。我们认为自己已经是到得最早的了，想不到我们前面已经有好多人了。我觉得奇怪，问了同行的老乡，他介绍说，碧罗雪山上的草药非常多，相传端午节这天是药王下凡，这段时间是在碧罗雪山上采药最好的季节。这天采的药其药性比在其他时间采的药要好上几十倍，所以来采药的人特别多。这里有一个可以容纳几十个人休息的岩石洞，他们可能就是住里面，早上起来挖药。可是，我看他们都没有去认真地挖药，他们也都陶醉在山水间，时不时相互追逐嬉戏。累了就在花间休息，渴了，掬一捧山泉水喝。其实，我觉得这也是村民在农忙结束以后放松一下自己，到大山上感受大自然的美好馈赠。我们也坐在花海里小憩。突然一个清脆的男声飘来，是白族那马人的《开益》（白族那马人的民歌）："千万个日子在等待，脚踏花枝盼你来，你在哪里啊？"一个女声立即回应："这些日子好想你，想你茶饭也不思，渴了喝口水。"我们几个人悄悄地跑到歌声飘来的地方，享受着男女青年的民歌对唱，沉浸在美好的氛围中。

男：你爱山来你爱岭，爱山你就去爱山，爱岭说爱岭。
女：爱山爱岭都一样，爱山就喝山上水，爱岭喝岭水。
男：水涨我拉你过溜，江深我为你划船，阿哥接妹来。
女：昨晚梦见今朝遇，一条花路在眼前，彩蝶来引路。
男：这方蜜蜂采蜜忙，绿枝头上花开红，冷落背阴坡。
女：你要采花来我方，花朵鲜艳又香甜，朵朵笑颜开。
男：花开就为让人看，有心要采你那朵，问花有主否？
女：吃菜要吃称心菜，采花要采如意花，你要采哪朵？
　　……

中排德庆河源头
尼布依比湖

白族支系那马人的民歌是柔美的，美得让你心驰神往；白族那马人的民歌是有情的，绵绵的情谊如花、如清泉般荡漾在我们的心里。我心中突然就冒出了"问今是何世，乃不知有汉，无论魏晋"的感叹。

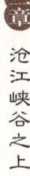

兰花之坪

> 兰坪,是花的坪地,是空气清新的大氧吧。在山麓坡地上,杜鹃花、山茶花以及许许多多的花四季交替开放,使郁郁葱葱的大山充满了生命的律动。丰富而独有的动植物资源是兰坪"动植物王国"的内涵,独特的地理环境是生物多样性、独特性的重要体现。

兰坪,是花的坪地,是空气清新的大氧吧。在山麓坡地上,杜鹃花、山茶花以及许许多多的花四季交替开放,使郁郁葱葱的大山充满了生命的律动。因为兰坪的花,我们有了"兰花之坪"的牌门。不论宅院大小,不论贫富,家中栽几盆花成了兰坪人的习惯,也成了兰坪的一种文化现象。

千年兰缘沧江情

以"兰"作为县名的兰坪县,从西汉的"兰溪"经历了一千多年到现在的"兰坪","兰"字从来不变,与"兰"结下了不解之缘。境内群山连绵,峰峦叠嶂,坡陡谷深。独特的高原山地季风,特殊的山谷、水系、气候环境孕育出各种各样的兰花品种,被誉为"兰花之坪"的兰坪生长出各种素花、瓣型花、蝶花、色花、叶艺、水晶、矮草等等。光兰科植物就有118种,兰花钟情于兰坪。

《南中幽芳录》将一种属兰花称为"莲瓣兰",因叶似荷花而得名。在云南,荷花又叫莲花,且民间长久以来,都称"荷花"为莲花。

它的记录里有采自澜沧江边的兰花。如:"十八学士又名澜沧建,长于江边丛林。叶长尺余,绿而窄长,柔而有光泽,九至十一叶,七月开花,水仙瓣,葶长尺五,多数开花十八朵,花淡绿,红舌者为素花,约五寸,因花繁而葶弯曲如弓,香气宜人;大雪兰长于澜沧江边,陡崖丛林。茎似菖蒲,侧根粗如箸,多分枝,为长寿兰,可活百年,叶十一至二十以上,双月出一新叶,成'人'字形排列,其花中秋现葶,重阳盛开,叶长尺五,宽六七分,尖分岔,花五至九朵,多为水仙瓣、荷瓣,飞肩为上,色雪白或粉白,舌绿而素上品。巨花者,色如琥珀,花开七日后转白者为漾江素,当香如桂为珍品,无为寺多有种植,宝姬有百株,并写赋咏之,取名雪中玛瑙。"

兰坪是莲瓣兰的主产区,是兰坪的传统名花,有千年栽培历史。莲瓣兰是非常名贵的一种兰花,下垂叶,叶芽浅绿。每年1—2月开花,每箭着花2—3朵,所开的兰花姿态万千,唇瓣多色,呈金绒质感,清香幽雅,花色艳丽,植株秀美。兰坪因其地理环境、气候等多种因素,各种新奇的莲瓣品种花卉不

❶ 三江麻荷素
❷ 粉荷

断涌现。1998年在石登乡澜沧江边发现的被命名为"龙袍"的兰花，花瓣浑厚圆润，其色金碧辉煌，犹如皇帝的龙袍，成为兰界的一朵奇葩。2003年蔡耀辉先生在营盘镇澜沧江东岸的和平山上发现了一株兰花，开花时有数十个花瓣加上数个花蕊，犹如牡丹花绽开，色泽富贵艳丽，被命名为"兰坪牡丹"，被兰花爱好者广泛栽培，荣获云南省第二十二届兰花博览会特金奖。"三江麻荷素"以其花瓣素雅，花蕊和花舌均纯净白皙又是莲瓣兰的另一精品，获全国第十四届兰展银奖。在兰坪，你还会看到各个品种的兰花：如三江黄菊、三江红素、兰坪荷蝶、玉泉荷、紫玉荷、奇异、水

兰坪牡丹

① 蝶花
② 中国兰花协会副会长潘光华题词

晶、线艺、矮种等上百个优秀品种，其中军荷、晶鼎寿梅、秀荷素、佛荷和龙袍5个品种已在中国兰协注册为名品。一些精品兰花，如碧龙红素、星海蝶、玉兔、黄金海岸、苍山奇蝶、剑阳蝶等品种也采自澜沧江两岸。四季兰、蕙兰、墨兰等优秀品种在兰坪蓬勃发展。"兰坪唇舌兰"是在兰坪发现的一个新的附生兰品种。

栽培兰花是兰坪各族人民的业余爱好，几乎每家每户都种有兰花，兰花的馨香飘洒在兰坪大地上。曾经几次来兰坪考察指导兰协工作的中国兰协副会长、云南省兰协终身名誉会长潘光华教授为兰坪兰花留下"三江之门""莲瓣兰的故乡""兰花之坪"等墨宝。中国兰花学会副会长李映龙先生、云南省兰花协会常务副会长钏志刚先生到兰

坪考察调研兰花资源保护工作后,为兰坪、维西、云龙三县以三江、三州、三县载体形式构建平台做了见证签名。

踏雪寻梅暗香来

在横断山脉纵谷区的兰坪,处于低纬度、高海拔地区,特殊的地理环境造就了独特的梅花生长条件。兰坪的冬天,天寒地冻雪花飞舞,傲然挺立的梅花在山水间绽放,行走在路上总有阵阵梅花的清香扑鼻而来,沁人心脾,使人心旷神怡。风雪之中,那娇艳似火的红梅、洁白如雪的白梅顶着狂怒的寒风,缓缓绽放。愈是寒冷的冬天,梅花开得愈是精神。白雪压枝头的时候,梅花却带着春的消息,踏雪而来,给人间带来生机和希望。看着盛开的梅花,使人不禁吟诵起王安石的《梅花》:

红梅

墙角数枝梅，凌寒独自开。

遥知不是雪，为有暗香来。

兰坪主要的梅花野生种是厚叶梅、长梗梅等。花期在冬春两季，6月份是梅花果实成熟的季节，漫山遍野的梅子等着人们去采摘。此时，人们不禁想起《诗经·召南》里的《摽有梅》：

摽有梅，其实七兮。求我庶士，迨其吉兮。

摽有梅，其实三兮。求我庶士，迨其今兮。

摽有梅，顷筐塈之。求我庶士，迨其谓之。

那漫山遍野的老梅树也成了兰坪人进行庭院绿化的好材料。兰坪人以野生梅为砧木嫁接各种梅花，在兰坪可以找到很多品种：梅花、宫粉梅、朱砂梅、红梅、绿萼梅、美人梅、垂

梅园

枝梅、杏梅、游龙梅等等。不论在深山幽谷还是城乡宅院，都有梅的身影，田间地头有梅花的踪迹，道路沟旁有梅花的地盘。

　　梅花既选择环境，又选择气候，只要合适就会生长，兰坪的每一个乡镇都能看见梅花的影子。在年复一年，一场接一场的飘雪之中，梅花的风采在兰坪的大地上恣意汪洋。

清香淡雅木兰秀

　　木兰在兰坪有十几种科属，其色艳丽、其花芳香，微粉轻柔、香气悠远，最具特色的是西康木兰和滇藏木兰。西康木兰、滇藏木兰分布在兰坪县境内海拔在2500—3500米的雪盘山、清水郎山一带。

　　西康木兰在兰坪被称为天女花，因其落花时节飘飘洒洒犹如天女散花，花期在5—6月。其花色素雅，花型优美，婀娜多姿。西康木兰是落叶灌木或小乔木，树高一般3—8米，树皮呈灰褐色，

梅花

具有明显的皮孔,当年生枝紫红色,初披褐色长柔毛,老枝呈灰色。其叶纸质,椭圆状卵形,或长圆状卵形,长6.5—20厘米、宽3—8厘米,先端急尖或渐尖,基部圆或有时稍心形,叶面初披灰黄色柔毛,下面密披银灰色平伏长柔毛,中脉及侧脉的毛常呈褐色。花与叶同时开放,白色、芳香,初杯状,盛开成碟状,直径10—12厘米,花梗下垂,长1.5—5厘米,披褐色长毛;花瓣9—12片,外轮3片与内两轮近等大。

兰坪的滇藏木兰花,花型硕大,花色艳丽,其香幽远,清香扑鼻。在花开时节远远望去,恰似清晨浣纱的少女,亭亭玉立,粉妆玉琢,优雅飘逸。

滇藏木兰是落叶大乔木,高达30米以上,树皮呈灰褐色,嫩枝呈黄绿色,老枝呈红褐色,无毛。它的叶有的呈倒卵形,有的呈倒卵状长

❶ 蜂蝶戏梅
❷ 西康木兰

滇藏木兰

椭圆形，微微的香气。叶纸质，深绿色，呈椭圆形或长圆状卵形，或宽倒卵形，先端急尖或短渐尖，摹部圆或阔楔形，通常不等侧，叶面呈深绿色，无毛，背面呈灰绿色，披白色平伏柔毛；中脉及侧脉披平伏长绢毛；基部具短小的托叶痕。花大，稍芳香，先叶开放；花瓣长12—16厘米，深红色或粉红色，或有时白色，倒卵状匙形或长圆状卵形。

在河西乡胜兴村高峰小组的一株滇藏木兰，有着200多年的树龄，被当地人奉为"神树"。木兰花开得好了，全村男女老少争先恐后去看花，认为这是花为村子带来吉祥的象征。当地的村民把"神树"开花的好坏和当地庄稼收成的好坏、村子的平安与否直接联系起来，把滇藏木兰神化了。

花海长廊杜鹃林

三四月是兰坪踏花的好时节，无论走到兰坪的哪个山间的哪个角落都能看到簇拥开放的杜鹃花林。那一簇簇或紫，或粉，或红，渲染在每一片绿色之中，姹紫嫣红，格外夺人眼球，让人看得满心欢喜。绿叶映衬的杜鹃花，在阳光下十分美丽、妩媚动人。远远看去灿若云霞的杜鹃花像一群彩蝶在空中翩翩飞舞，格外引人注目。

兰坪境内杜鹃花种类繁多，杜鹃花资源非常丰富，目前已发现44种属，有些杜鹃花还没有被命名。杜鹃花科在兰坪的生长分布可大致归纳为以下五类：一是生长在沟谷旁山坡上的光柱迷人杜鹃、睫毛萼杜鹃、马缨花等13种；二是在云杉林下生长的团花杜鹃、毛喉杜鹃、匍匐杜鹃等10种；三是高居山顶生长的杜鹃灌丛夺目杜鹃13种；四是箐边、路边林缘的革叶杜鹃、大白花杜鹃等12种；五是分布在云岭范围

❶ 青岩山杜鹃花海

❷ 紫杜鹃

的杜鹃花科植物鼠尾岩须、朝天岩须等15种。

兰坪的每一座山都有杜鹃花的领地，从海拔2000米以下的澜沧江两岸，到全县范围，大白花杜鹃群落随处可见。广泛分布于各乡镇海拔2000—3200米地段的是腋花杜鹃群落，该群落外貌叶期黄绿色，林冠整齐。当你走到拉沙山、龙马山等较大的山体近顶部或山脊阴坡面时，你会看见树干高度近10米的露珠杜鹃群落。分布于拉沙山、雪邦山等较大山体近顶部或山脊阴坡面的假乳黄杜鹃群落花期白色，十分醒目，林冠密集、平坦。腋花杜鹃群落则分布于海拔最高处，气候较温凉、湿润，群落外貌深绿色，林冠整齐。群落外貌花期粉花色，林冠密集，整齐。还有红棕杜鹃群落，该群落主要分布于富和山、长岩山海拔3000—3300米的范围内,群落外貌黄绿色,林冠密集平整,林下有一层厚厚的苔藓层。在富和山弥勒坝及雪邦山还有易混杜鹃群落分布在海拔3100—4000米的范围内,外貌灰绿色,树冠分枝密集成垫状,排列整齐。

从海拔1800米的半山区到3800米的高山地带,杜鹃科树种遍布林间。春天有映山红和灌丛碎米杜鹃漫山遍野开放,夏天有马缨花、大白杜鹃、高山毛叶杜鹃、锈叶杜鹃、棕背杜鹃竞相怒放。人称天下第一杜鹃长廊的碧罗雪山百里棕背杜鹃走廊,从中排的老窝

雪邦山紫杜鹃花海

山经过石登至营盘,那绵长不断的杜鹃花林是目前不被外界打扰而独立存在的,孤寂地在碧罗雪山上等待着人们去认识它、亲近它、关爱它。大坝子高山黄杜鹃走廊又是一个世外桃源的天地,连片成林的杜鹃花海让游人逐渐恋上了大坝子。箐花甸紫色杜鹃犹如仙女织就的地毯铺设在老君山的脚下,当身处花甸中,人就成了画里的风景。置身于雪邦山十里长廊的杜鹃花海中眺望,将兰坪县城的风光尽收眼底。青岩山的杜鹃长廊与星空一同灿烂。百草岭的杜鹃花开得不温不火,却攥住了人心。这里有大红的、粉红的、白色的、紫色的杜鹃花。杜鹃花树有几十米高的,也有几十厘米低矮的,各类

❶ 粉杜鹃
❷ 黄杜鹃

型的杜鹃花都好像集中在这里，错落有致，任何人来到这个地方都有适宜其欣赏之景。"走，去百草岭看花"，金顶百草岭的杜鹃花林成了兰坪人休闲娱乐的好去处。

兰坪的花写不完，徜徉花海，就会陶醉花间，才会领略花的魅力，使人在花海流连忘返。

绿色的兰坪有了花的衬托，魅力四射，但使兰坪更具吸引力的是独特而丰富的动植物资源。

独一无二的红蔓菁

红蔓菁是兰坪独有的品种,栽培使用已有上百年的历史。普米话称红蔓菁为"列别",只在普米族居住的河西乡大羊村阳山组出产。大羊村的村民们常言道:"我们村的列别是个好宝贝,不仅长得漂亮,味道还很鲜美,是我们餐桌上必备的佳肴。"

红蔓菁来源于十字花科的肉质块根,两年生草本,植株90—100厘米。块根肉质,扁圆形,须根多生于块根的直根上。茎直立,茎生叶和基生叶羽状分裂,长8—30厘米,宽3—5厘米,侧生裂片为4—6对,不对称,向基部逐步缩小,边缘有钝齿,叶片绿色或略带紫红色,叶脉、叶柄成紫红色。花为淡紫红色、粉红色。红蔓菁的组织为皮层及韧皮部狭,占断面直径的1/20—1/15,外表皮由单层细胞构成,没有木栓层,细胞内含有红色素。形成层

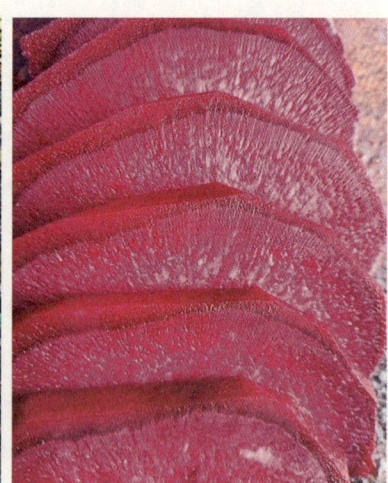

以内木化程度很低,仅见少数网纹和螺纹导管存在,呈放射状排列,由一至多列细胞构成。射线细胞明显,内含红色素。为了大力推广皮红肉红,既有药用功效,又有可食用价值的红蔓菁的种植,使之成为兰坪的特色品牌产业,县里有关部门进行了栽培实验,将种子引播在其他地方进行种植。但是一年以后色彩渐淡,两三年以后与普通的蔓菁几乎一样了。只有在兰坪县境内河西乡大羊村阳山组才能种植出纯正的红蔓菁,因为大羊村阳山组土壤的特殊性,非常适合红蔓菁这一特殊的物种生长。"红蔓菁"成了兰坪独有的品牌。

红蔓菁具有降血脂、降血压、清热解毒、预防感冒以及治疗腹泻等功效。用红蔓菁提取的天然红色素,水溶性好、色素稳定、色彩鲜艳,可用于饮料及其他食品开发,产品广泛应用于食品、医药、化妆品等。用红蔓菁腌制的酸菜及蔓菁干很受当地人及消费者喜爱,大羊村已将红蔓菁打造成红事喜宴中的一道美味佳肴,第一眼看见腌制的红蔓菁端上桌面,就会让你垂涎欲滴。红蔓菁成为大羊村的"致富菜"。

红蔓菁

① 青刺尖
② "兰坪印象"

特有的青刺尖茶

在兰坪，有一种非常特别的茶，它是野生的植物，生长在兰坪这块土地上，几百年来人们认识它、采摘它、食用它。对青刺尖和良旺树这两种植物的药用价值在《本草纲目》和《云南中草药》中都有记载。时至今日，将青刺尖和良旺树原始的使用上升到科研的角度，生产出了"青刺尖茶"和"良旺茶"。

青刺尖为蔷薇科扁核木属植物，别名刺黑果、打油果，白族语称"佐达前"，普米语称"斯那"。滇西北少数民族视青刺尖为"神树、吉祥树、万痛之药"。很多重要民俗仪式中，青刺尖枝条都扮演一种非常神秘的角色，人们认为它是驱魔降妖、分开阴阳的圣物。

青刺果的物候期与梅树相似。冬季开花，初夏时果实成熟。落叶灌木，高1—2米，生长于山坡、荒地、山谷等处，适宜海拔为1800—3100米之间，尤以海拔2300米左右的山区、半山区生长结果最好。核果呈椭圆形，成熟时为紫黑色，披白粉，基部有花后增大的萼片。种子出油率30%左右，油可供食用、制皂、点灯等。青刺尖具有清热解毒、平肝降火、降血降脂、凉血收敛等功效，尤其对前列腺炎、各种痔疮、便秘、牙疼等有较好的消炎治疗作用。

青刺尖茶是一种原生态的养生健体茶品，产品冲泡后，茶香芬芳扑鼻，具有回归自然之感，汤色清澈绿黄，茶汤甘润。常饮本品有延年益寿之效，是运动量少、营养过剩人群的最佳养生饮品。

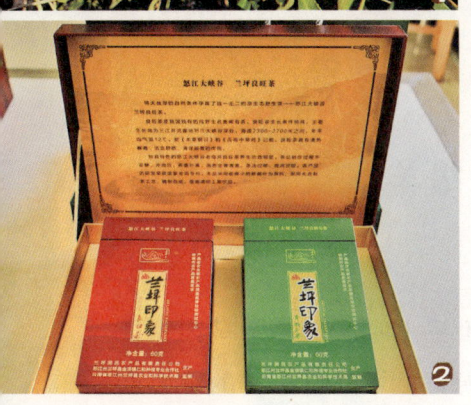

独有的良旺茶

得天独厚的自然条件孕育了独一无二的原生态的野生"兰坪良旺茶"。良旺茶是我国独有的纯野生名贵稀有茶。其生长条件特殊，主要生产地为"三江并流"腹地的云岭深处、海拔2300—2700米之间。良旺茶别名有金刚榔、山槟榔、宝金刚、金刚树、白鸡骨头树等，系五加科梁王茶属。小灌木，高3—15米。枝条呈圆柱形，外表面灰棕色。叶先端长渐尖，基部楔形，边缘有锐利疏锯齿，上面色深，有光泽。叶片革质，以质干燥、叶色深绿、味甘凉者为佳。良旺茶性味甘凉，茎皮具有清热消炎、生津止泻功效，根可治跌打损伤、风湿腰痛、降血压等症。

兰坪是良旺茶最适宜生长的地区，良旺茶是一种药食兼用且具有观赏价值的野生植物，是我国重要的野生植物资源。当地有将春尖嫩叶入食的习俗，是集营养、药用、美味、调剂于一体的野生茶。制作过程不发酵，冲泡后茶香扑鼻，汤色金黄清澈，茶汤过喉，圆润甘甜。

2011年兰坪县金顶镇仁和种植专业合作社开发了高原生态产品"兰坪印象之青刺尖茶""兰坪印象之良旺茶"。同年在昆明首届南博会和第九届中国昆明泛亚农业博览会上展出。2013年国家专利部门授予"青刺尖茶"和"良旺茶"发明专利，2014年入驻"滇之粹"。

奇特的乌骨绵羊

兰坪乌骨绵羊（公羊 黑毛2.5岁）

兰坪乌骨绵羊是在我国发现的世界上唯一的乌骨乌肉特征的哺乳动物，是十分珍稀的遗传资源。兰坪乌骨绵羊的中心产

兰坪乌骨绵羊种群——白毛

区为玉屏山脉，集中分布在通甸镇的福登、龙潭、弩弓、金竹、水俸村委会。发现乌骨羊地区的兰坪县玉屏山脉，海拔在2600—3200米之间，这里主要是彝族和普米族居住，农作物有土豆、燕麦和苦荞等。

头狭长，鼻梁微隆，多数无角，有角的角形呈半螺旋状向两侧后弯，耳大向两侧平伸，颈粗长无皱褶，胸深宽，背腰平直，体躯较长，四肢长而粗壮有力，尾短小，呈圆锥形。眼结膜呈褐色，腋窝皮肤呈紫色，口腔黏膜、犬齿和肛门呈乌色。解剖后可见骨膜、肌肉、气管、肝、肾、胃网膜、肠系膜和羊皮内层等均呈乌色。随年龄增长，不同组织器官黑色素沉积顺序和程度有所不同，这便是乌骨绵羊的奇妙特征所在。

兰坪乌骨绵羊的发现可追溯到20世纪40年代。进入80年代，绵羊饲养从集体饲养为主转变为农户家庭饲养为主，饲

养数量提高很快,在烹饪食用时膻味较一般绵羊要小。据当地群众称,常食乌骨绵羊肉对胃病和风湿病的疼痛有一定的缓解作用。

据云南农业大学详细调查结果显示:相对于本地普通绵羊来说,兰坪乌骨绵羊的肉质中所含的粗脂肪、粗蛋白以及粗灰分都比较高,且具有很好的保水性,其肉质比较鲜嫩,味美多汁,口感非常好。此外,兰坪乌骨绵羊是以肉、骨膜等乌色为特征,经研究证明该羊类中的黑色素与乌骨鸡黑色素相同,具有较高的抗氧化能力,是十分珍稀的遗传资源。乌骨绵羊中具有高活力的酪氨酸酶,其催化合成了较多的黑色素沉淀,致各组织器官的黑色素含量较高。且黑色素有较高的抗氧化能力和肝脏解毒能力,具有重要的研究价值与巨大的开发潜力和广阔的市场前景。2009年兰坪乌骨羊被农业部(现为农业农村部)列入《国家级畜禽遗传资源保护名录》。

兰坪绒毛鸡

兰坪又一个特色家禽——兰坪绒毛鸡,属中型品种,全身羽毛呈丝状反卷,有乌骨绒毛鸡和非乌骨绒毛鸡两个品种。体质结实,结构匀称,体格小,腿细短,骨骼粗壮结实、肌肉发育良好。头小,凤头或平冠,冠色有红色或紫色,喙短粗、微弯,不带钩。髯色大部分为红色,少数为紫色,耳叶为绿色或红色,瞳孔为黑色,虹彩颜色一般为黄色、灰黑色、白色等,冠、喙、趾、肉、眼为黄色或黑色。

兰坪绒毛鸡

兰坪绒毛鸡

兰坪绒毛鸡适应性较强，在兰坪海拔 1600—3000 多米的地区能正常生长繁殖，患病较少，但幼雏体小，体质弱，抗逆性差，耐热性强。兰坪绒毛鸡胆小，一有异常动静即会造成鸡群受惊，影响生长发育和产蛋。一般的玉米、稻谷、大小麦、糠麸、青绿饲料均能喂饲。群居性强、善走喜动、就巢性强是绒毛鸡的特点。

兰坪绒毛鸡是集肉用、观赏于一体的地方特色品种。中心产区为河西乡的白龙村、共兴村、新发村、玉狮村、仁兴村等地。同时兰坪县境内的啦井镇、兔峨乡、营盘镇均有不同程度的饲养分布。兰坪绒毛鸡 2010 年被列入《国家级畜禽遗传资源保护名录》。

兰坪得天独厚的地理环境孕育了独特而丰富的资源，就像绚丽多彩的花朵，织就了五彩缤纷的兰坪画卷，使兰坪绽放出夺目的光彩。2007 年 11 月 27 日举行的兰坪白族普米族自治县成立 20 周年的庆典大会上，主题曲《兰花之坪》唱响了兰坪：

> 有一个神奇的地方
> 到处有颂歌飞扬
> 她就是兰花之坪
> 她是东方情人节的故乡
> 白族"开益"为你接风洗尘
> 普米"哩哩"邀你纵情歌唱
> "阿楼西杯"祝你健康快乐
> 傈僳"摆什"把你进入人间天堂
> 兰坪啊！兰坪
> 兰花之坪，是我可爱的家乡
>
> 有一个美丽的地方

到处有山花烂漫
她就是兰花之坪
她是东方情人节的故乡
老窝山圣湖涤荡心灵
罗古箐情歌耳边回响
大羊场草甸让你流连

富和山杜鹃为你绽放
兰坪啊！兰坪
兰花之坪
是我可爱的家乡

杜鹃花海

有滇金丝猴，更有青山绿水

> 云岭省级自然保护区是滇金丝猴活动的重要区域，在以滇金丝猴为代表的滇西北生物多样性保护工作中具有重要的科研价值和战略地位，同时也是澜沧江国际河流中上游的"天然绿色水库"。

2018年3月31日中央电视台《新闻直播间》报道了兰坪县救助受伤滇金丝猴的新闻，引起了社会各界的广泛关注。

3月26日，兔峨乡江末村生态护林员褚石保等人在巡山时发现一只哀啼的国家一级保护动物——滇金丝猴，疑似受伤，便第一时间向兰坪县林业局报告。兰坪县马上启动野生动物救护应急预案，同时联合云岭自然保护区管护局、县畜牧局等部门组成救援工作组赶往现场。经救援工作组初步观察，发现该滇金丝猴左臂和右足受伤，救援工作组同当地护林员一起为受伤的滇金丝猴进行了初步消毒和包扎，并清理了身上的污物，喂了一些水和食物。救援工作组为了让这只受伤的滇金丝猴得到更好的救助和治疗，将其带回新生桥天保所。褚石保说："这只脱离猴群的滇金丝猴估计是在和其他滇金丝猴打斗时摔下山而受伤的。"云岭自然保护区管护局副局长和育超告诉记者："下一步，在它身体状况、健康情况以及对它进行野外生存适应性综合评估以后，我们采取放生。如果不适合放生，我们会将其交由更高一级的救护机关进行救护。"

云岭之长岩山

纯净的云岭

　　滇金丝猴是中国特有物种，仅分布在中国川滇藏三省区交界处喜马拉雅山南缘横断山系的云岭山脉中，即澜沧江和金沙江之间一个狭小地域。兰坪境内的滇金丝猴群从 2008 年起进行不间断监测，至 2015 年数据表明全县分布有五个滇金丝猴种群，保护区三个种群，数量约为 420 只。其中长岩山猴群由 13 个家庭和 1 个全雄族组成，拉沙山猴群由 12 个家庭和 1 个全雄族组成，龙马山猴群由 11 个家庭组成。保护区外在石登黑山也发现了滇金丝猴的粪便，罗古箐至箐花甸一线的滇金丝场猴群有一半以上的时间在兰坪境内活动。兰坪滇金丝猴种群

滇金丝猴

数量约占全国滇金丝猴分布的六分之一。

为了对滇金丝猴的活动环境一探究竟，2018年5月16日，兰坪县新生桥天保所林业高级工程师和善敏组织了新生桥天保所几名长期管护金丝猴的工作人员同笔者一同探访滇金丝猴。天保所的车把我们送到云岭长岩山垭口后，我们沿着山脊向滇金丝猴活动的区域出发。

云岭省级自然保护区位于青藏高原南部、云岭山脉中部纵谷区，是兰坪县的脊梁地段。境内森林茂密，地形地貌复杂多样，以原始的温性寒性针叶林及针阔混交林为主的生物有机体与生态环境之间仍保持着完好的生态平衡，是澜沧江和金沙江之间的绿色屏障，也是"三江并流"世界自然遗产的重要组成部分。独特的地理位置和垂直分布的森林植被孕育了种类繁多的动植物资源，也蕴藏着从澜沧江干热河谷到高原雪山草甸等丰富的森林生态景观资源。保护区是全国滇金丝猴分布的最南端，在以滇金丝猴为代表的滇西北生物多样性保护工作中具有重要的科研价值和战略地位，同时也是澜沧江国际河流中上游的"天然绿色水库"。

云岭纵列在澜沧江与金沙江之间的山系里，成为境内东西两边重要的一条地理分界线。山体属于由三叠系砂岩组成的褶皱断块侵蚀山地。保护区良好的生态环境不仅为众多野生动植物提供了生存空间，还是一些濒危物种的避难所。兰坪也因此被誉为天然的

雪邦山杜鹃花海

生物多样性公园和原始物种基因库。这里不仅有松、柏、栗等常见的优质木材，而且还生长着珍稀濒危树种云南红豆杉、榧木，这些在保护区内也有大面积原始群落。富和山是云岭重要的森林植物区域，这里是一个空气清新的大氧吧，在山麓坡地上，杜鹃花、山茶花以及许许多多叫得上名或叫不上名的花四季交替开放，使郁郁葱葱的大山充满了生命的律动。

三十多分钟的脚程，我们走进了杜鹃长廊。这一片杜鹃林分枝粗壮，枝叶浓密的猴头杜鹃环山茂密生长，形成狭长的纯杜鹃林带。这是一片原始杜鹃林，林子里很少有灌木丛，杜鹃树的枝梢盘结交错着，伸展开来的繁盛的枝叶将蓝天遮了个严严实实。整个长廊有两百米左右宽、十几千米长。再往前沿着这杜鹃林走一段时间，眼前的景色全然已变，两旁杂乱品种的树木丛生，没有所谓的路，只是沿着一个大体的方向走，树木全都变成了粗壮高耸的松、杉树林。这些高高挺立的参天大树如同一把利剑，直插天空，穿过云霄，遮天蔽日。树龄在数百上千年，树势苍劲。树干苔藓地衣密布，松萝悬挂飘逸，充满着原始森林神秘的妙趣。时不时发现掉在地上的嫩枝，生态护林员指着掉到地上的新发出来的松萝针叶树的嫩叶树枝说:"滇金丝猴前几天刚刚从这里经过,这几天它们主要吃这些新发出来的嫩叶,这是滇金丝猴摘断的树枝。"我心里一阵激动,难道今天我运气那么好,会看到滇金丝猴?

我们继续走在长岩山上,长岩山在云岭的纵深区。我们走到长岩山最高峰的大石头上,大家坐下来休息。和善敏同志开始认真介绍云岭保护区的情况。近年来,兰坪县委、县政府高度重视林业工作,积极开展植树造林和森林资源管护,划定了生态保护红线,加强对全县生态护林员的培训、管理。同时通过广播、微信等媒体工具,不断加大对社会公众保护野生动植物相关法律法规的宣传力度,使社会公众保护野生动植物的意识逐渐增强,为保护野生动植物营造了良好的社会氛围,为兰坪的青山绿水奠定了坚实的基础。他还说:"我们现在站在云岭保护区的最高峰,基本上可以看清楚保护区的大部分地方。云岭省级自然保护区是兰坪最具有代表性的植被区,2003年经云南省人民政府批准建立,面积为七万五千多

❶ 云南榧
❷ 红豆杉

公顷，保护区北端建有白马雪山国家级自然保护区，南端建有云龙天池省级自然保护区，云岭省级自然保护区起到了承上启下的作用，它不仅完善了云岭山脉自然保护区的合理配置，而且对云岭山脉动植物南上北下的交流和过渡起到了链接的作用。"他指着四周的地形说："保护区东边不过雪邦山，南至兰坪龙马山，西跨澜沧江，北起石登乡、啦井镇交界的阿元路也一线。保护区内的滇金丝猴在我们周围这片里，最南边的龙马山有一群，上来的拉沙山有一群，长岩山这一片有一群。"

同行的几位管护员说，他们对滇金丝猴的观察保护已经十几年了，滇金丝猴是世界上最漂亮的猴子，是"擦口红、描眼影、染金发、涂脂抹粉"的猴子。和善敏接着介绍说，保护区从2004年与美国大自然保护协会、云南绿色基金会、中科院昆明动物所、中科院昆明植物所、西南林业大学、大理大学合作开展滇金丝猴研究监测项目以来，对兰坪县滇金丝猴生活有了进一步的了解。滇金丝猴中文标准名称是黑白仰鼻猴，它们的头顶长有尖形黑色冠毛，眼周和吻鼻部呈青灰色或肉粉色，鼻端上翘呈深蓝色。身体背侧、手足和尾均为灰黑色，背后有灰白色的稀疏长毛。身体腹面、颈侧、臀部及四肢内侧均为白色。滇金丝猴栖息于海拔3000米以上的高山暗针叶林带，活动范围可从2500米到5000米的高山。主食为松萝针叶树的嫩叶和越冬的花苞及叶芽苞，食植物嫩芽及幼叶。滇金丝猴体长51—83厘米，尾长52—75厘米，体重9—17千克，其皮毛并不是金黄色的毛，以灰黑色、白色为主。婴猴的出生多集中3—4月，雌猴两年生一胎，孕期约为7个月。

我们艰难地钻入了云岭深处，保护区的森林非常茂密，不论向哪个方向张望，都望不透森林。我虽然不是第一次进原始森林，但还是被眼前的景象震撼了，大家都发出一声声惊叫、惊叹。深山老林之中，古木参天，遮天蔽日。那森林看上去神秘莫测、阴森恐怖，几位管护员说，很少有人敢到这片森林里去，即使进去了也很难从里面走出来。这片土地之所以与外界隔绝，就是有森林与山岩的双重阻隔。外人几乎不敢涉足，也就彻底失去了踏足这片净地的机会，给了滇金丝猴一个自由的生活空间。

我们一边探讨一边往长岩山脚下走，经过三个多小时的路程，进入了竹林。这片竹林介于针叶林与阔叶林之间，很茂密，有好多蓬竹子，约有好几百棵，可谓一蓬成林。苍翠欲滴的竹子点缀着参天的古松苍柏，一阵风吹过，竹林随风起伏，我仿佛置身于碧波翻滚的绿色海洋里。这绿呀，有深的、浅的、明的、暗的……这里是树的世界，这里是鸟的天堂。

再往下走就进入了高大的阔叶林区，无数棵巨大的枫叶树突现在眼前，它的树皮是墨绿色的，粗壮的奇形怪状的树枝在树上盘绕着。这里枝连着枝，叶叠着叶。树林中没有太阳，没有空地。一些老死倒地的树木横七竖八躺在箐沟边，几十米未腐完的粗大树干上长满了地衣青苔，宛如一条条相互缠绕的巨大的藤蔓，像那科幻电影《阿凡达》里的潘多拉世界。遥远天空上的太阳光忽隐忽现地从叶片的缝隙里透进来，这是一片静谧的原始森林，微风过去，枝叶发出沙沙的响声。几十米高大的枫树林构成了美丽的林下世界。森林是静美的，各种各样的植物和自然生态让原始、自然呈现出生命伟大的力量。这里没有道路，但却是动植物们的乐园。这里没有人烟、没有污染，这里应该是地球上最好的一方净土。

多样化的动植物园

2018年5月25日上午，我到云岭自然保护区管护局，与和育超副局长就兰坪的自然生态情况聊了一下。了解到全县森林覆盖率为68.43%，活立木蓄积量3291万立方米，全县林木绿化率76.26%。兰坪处于南北植物区系交流和划分最为复杂的地区之一，其基带属于中北亚热带常绿阔叶林带，但因受地形等非地带性因素的干扰和制约，形成以针叶林为主的植

被特点。由于境内地理环境复杂,因而植被类型也呈多样化特征。不仅形成了明显的植被地带性现象,而且在微地形气候的影响下,致使不同地带和同一山坡植被出现差异并形成了典型的垂直地带特征。兰坪县境内植被主要分东西两个垂直带共9个植被类型、30个群落。

兰坪的植被分布非常有特点,立体的生存环境都可以找到相应的植物群落。一是干热河谷植被带,分布在境内海拔1360—2100米之间的澜沧江河谷中排、石登、营盘、兔峨4个乡镇,主要植物是干热河谷灌丛,其主要特点是多刺、叶小、有毛。在澜沧江深谷两岸的山坡露岩和露地中,还散生着部分栎类灌丛。常见的优势植物有仙人掌、剑麻、扭黄茅、菟丝子、青香树、山黄麻和人工栽培的油桐等。二是温凉半山云南松针叶林植被带,分布在海拔2100—3100米的地带。这里有大片成林的云南松,常见的树种还有高山栲、华山松、山

原始森林

秋天的颜色

杨以及水冬瓜等高大乔木树种，林下灌木有箭竹、多变石栎、灰背杜鹃、小红木、矮刺栎、芒种花、箭竹花、柃木、大白杜鹃、乌鸦果、滇榛、矮杨梅、胡枝子等。草本植物主要有野青茅、翻白叶、龙胆、蕨类等。这里气候温凉，湿度大，是木材生产的重点区域。三是寒冷性中山云杉、冷杉植被，分布在海拔3100—3300米地带。常见的树种以云杉为主，也有冷杉、铁杉混生。在阴坡凹地处，红杉、冷杉生长茂盛。林下灌木有箭竹、羽叶花椒、黄连和多种杜鹃。草本植物有草莓、天南星、太阳花、野姜等，地表苔藓植物密布。林内较为清晰，覆盖面积大，湿度较高。除木材外，还有人工栽培的药材当归、秦艽等。四是高山草甸植被带，分布在海拔3300—4200米的地带。这里因积雪时间长，气温低，湿度大，雾气多，因而呈现出较为明显的两层植被生长特征。在海拔

湿地植物

3300—3700米处，常见的树种有红杉、冷杉纯林，陡坡山箐有部分槭树、白桦混生林。林下灌木有锈叶杜鹃、毛叶杜鹃、箭竹等，以草类和蕨类为主，地表被苔藓、地衣覆盖。在海拔3700米以上处，常见的植被有矮生杜鹃、小叶或绒叶杜鹃，成匍匐状群落和裸露岩石，生长有雪茶、岩菖蒲、金不换、虎掌参等野生药材。

云岭保护区总面积75894公顷，其中核心区23127公顷，占全区的30.5%；缓冲区面积24268公顷，占全区的32%；实验区面积28499公顷，占全区的37.5%。

兰坪云岭省级自然保护区共有种子植物141科608属1515种，其中裸子植物5科14属18种，被子植物136科594属1497种。包含种数最多的是杜鹃属，云岭保护区共有杜鹃属植物44种，种类极为丰富，是重要的杜鹃资源保存地。其次是薹草属、蓼属、槭属，都是典型的北温带分布的大属或全球广布的大属（薹草属）。区内至今共发现8个植被类型、21个群系和22个群丛，其中高等植物有134科520属1233种，兽类有28种，鸟类有105种。以滇金丝猴为代表的国家一、二级保护动物有云豹、金钱豹、林麝、黑颈长尾雉、黑鹳、白腹锦鸡、红腹角雉、小熊猫等34种。

云岭保护区共发现国家级珍稀濒危保护植物9种。其中，列为国家Ⅰ级重点保护野生植物有须弥红豆杉1种，列为国家Ⅱ级重点保护野生植物有云南榧树、油麦吊云杉、澜沧黄杉、西康玉兰、长蕊木兰、大叶木兰、秃杉、金荞麦等8种。在云岭保护区内，须弥红豆杉最集中生长地在富和2800—3200米的沟谷中，野外调查发现的个体较多，数百年的大树形成单优群落，林下更新状况较好。云南榧树见于保护区核心带的大村头至大麦地、富和保护区边缘处，路边林缘即有，但多为幼小植株。油麦吊云杉在保护区核心区较为常见，生于海拔2400—3600米之间的单纯林和针阔混交林中；澜沧黄杉分布于海拔2100—

3200米之间的山坡及沟边松林或松栎林中，在104林场有发现；西康玉兰在保护区西坡的啦井镇一带零散分布，状态健康。另外，长蕊木兰为前期科考记录。云南植物志记载秃杉主要出现在国营104林场。金荞麦是根据前人采集的标本记载收入我们名录的。而大叶木兰可能出现于保护区西南坡澜沧江河谷阿匹作等村寨附近，自然存在的可能性可以从金虎尾科的小花风车藤出现在云南最北的记录得以印证。

迄今为止，发现仅分布于云岭保护区的狭域特有种有兰坪胡颓子、兰坪马先蒿、兰坪玉山竹、短柄单花莸、长角骤尖楼梯草、长柄蟹甲草、云岭杜鹃等6种和1变种。这些特有种大都属于新近命名的种类，是适应本区特定的生态环境而特化的结果。

结束了对滇金丝猴活动区域的探究之旅，在惊叹兰坪动植物资源丰富的同时，更增添了对一直保护兰坪青山绿水的工作者的敬佩之情。

碧罗雪山——拉古山龙潭

老君山下的花园

一座老君山，把兰坪、维西、玉龙、剑川四县分开。老君山脉跨兰坪境面积约384平方千米，主要山峰有21座，其中最高峰为玉屏山，海拔3948米。有"滇西花园"之称的国家湿地公园箐花甸和落蚀流霞般的罗古箐丹霞地貌两大景区坐落于老君山西麓。

箐花甸的神来之笔

徜徉在老君山脚下箐花甸478公顷的国家湿地公园里，沉浸于阳光下的惬意之中，人在微风轻轻送来的花香味和牧歌声中，体验到人在旷野中的孤独的自由、觉察到心灵间宽阔的漫游，整个身心里里外外都坦荡了。在兰坪山野之间看春天和夏天的箐花甸不仅感到震撼，还有激动、感动、审美和兴奋，让不会唱歌的人也想引吭高歌，再不会跳舞的人也想手舞足蹈。

箐花甸的天空是蓝色的，云是白色的，与如轻纱的雾缠绕不分的，是青黛色的大山，它们起伏延绵，涌动不息，与绿色的青春大树和苍劲的古朴老树相贴而生。粉红色的大树杜鹃，写满快乐的杜鹃花树，每株都缀满数不清的粉红花朵。无穷无尽的杜鹃花和不知名的黄花、红花、白花，让绿色的箐花甸被点缀成让人充满了幻想的花海，使人沉醉不已，展眼细望广阔的草甸，让人看得有些迷蒙、恍惚和吃惊。

箐花甸里的杜鹃花春天是不开的，她要等其他地方的花都谢了才开，它要等到端午节、普米情人节来了才开，为情人节而绚烂。那份来自爱人的情感不就是高贵而纯洁的吗？四周山坡上的杜鹃花却是粉红色的，粉红色的杜鹃花是甜美、温柔和纯真、烂漫的。甜美的为情人们终成眷属而绽放，那一片接一片的杜鹃花海犹如身着艳丽服装的普米族少女翩翩起舞于箐花甸。紫色杜鹃，光颜色就会让人生发出无穷的美丽想象，初夏的箐花甸已经欣欣向荣，紫色杜鹃花的开放，让箐花甸更是美得不着边际了。你在花甸里徜徉，神情游离于外，脚下柔软的草甸，头顶蓝蓝的天空。沉浸在其间，没有了时间、空间，忘记了昨天和今天。

箐花甸的"天文"

美丽的地方,就会流传着美丽的故事。每年的农历五月端午节,各族青年男女都会身着节日盛装,从四面八方涌至箐花甸,唱歌跳舞,比试才艺,也在这里找到自己的心上人。这样的传统,据说源自善良的青年阿福与七仙女的动人爱情故事。而山上挺立的铁杉树和漫山遍野怒放的杜鹃花,则是普来族青年布朗松与龙王的独生女阿珠的化身。他们冲破世俗藩篱结为夫妻,在遭受龙王迫害时,为了追求永远的爱情,化作了铁杉与杜鹃花,不负丝萝约,生死相守,永不分离。

箐花甸是由花、草、水、雪山、原始森林构成的,我突然发现自己居然进入了弥尔顿在《失乐园》里写的世界:

晨雾下的箐花甸

或者是幸福的岛屿，好像那些
古来驰名的海斯帕利亚花园，
里面有快乐的田野、小森林
和百花的山谷是极其幸福的岛屿……
是一圈最美的树林，满载
最鲜艳的果子，花、果都呈金色，
枝权交错，五色缤纷，光彩夺目，
太阳更加乐意把光线照射在那些花果上，
比照在美丽的晚霞，或神降时雨
给大地时的彩虹，更为悦目赏心。

这一派风光真是可爱可喜，
这时迎着他的四围新鲜的空气
也更加清鲜了，徐来的清风，
把春天的快乐吹进心中……
一切的悲愁都能吹掉。
软风阵阵，扇动含香的羽翼，
吹送土地的芬芳……

箐花甸　难道是弥尔顿来过兰坪的"海斯帕利亚花园"般的箐花甸？在这看似一般的草甸里，大自然每一个细微的动人之处可

第二章　沧江峡谷之上

143

❶ 夏天的箐花甸
❷ 箐花甸原始森林

以演变出一幅幅意想不到的杰作出来。箐花甸有无数小河小溪曲曲弯弯流淌，在草甸上画出一道道优雅的曲线。青草地上还有大片密密匝匝挤在一起的绿色小植物，神秘地沉默着。走到草甸对面的山坡上，就可以看到箐花甸里的河流由南至北千转百回于绿茵之中，有些河段似九天而落的绵绢，河流在草甸上书写出了"喜""寿""福""云之南"等各种字样，宛若九曲黄河的梦幻，只要畅想，你就会领悟到大自然的神秘。

时至10月，深秋金黄的箐花甸犹如一幅油画，树叶呈现出绚丽的色彩。红色的枫叶在风中轻轻摆动，西楠桦的树叶恍如一顶顶金色的皇冠，在枝头招摇。秋天的树林，地上落满了树叶，有红色的、黄色的、金色的，等等，五彩缤纷。秋林映着阳光，那酡红如

醉，随着层林尽染，那是一种十分艳丽的凄楚之美，让你想流几行感怀身世之泪，却又被那逐渐淡去的醉红所慑住，而情愿把奔放的情感凝结。"醉向丝萝惊自醒，与君清耳听松湍。"不就是此时的真实写照吗？

罗古箐的丹霞

1997年1月底，陪《锦绣云南》拍摄组探访罗古箐。罗古箐村的和国诚书记带着几个老乡当我们的向导，深入罗古箐景区。沿着情人树旁的小溪爬了近两个小时，爬上一个山顶，眼前是一片秀美神奇的原始森林。这里树成林、石成林。林

罗古箐龟背石

❶ 罗古箐丹霞风貌

❷ 老君山

中有石，林石共生，唇齿相依。和国诚介绍说，这是"碧丽必"（普米族语，地名），它雄伟、挺拔、粗犷、神秘、辽阔、壮美，透出一股震慑人心的力量。从古到今，普米族人视为神灵之居所，猛兽的巢穴，普米族人山神祭中最可敬的山神就在这里。朝拉巴山口方向眺望，巨大的石峰群像是破土而出的竹笋，紧挨着、推挪着，一峰峰向云天里猛窜，石峰上绰绰林立参差的古木。和国诚指着更远处的峰群说，那片是"着不着呀"（普米族语，指老君山）群峰。据说，它们共有十对石峰，是远古时代十对恩爱的老夫妻。

老乡们带着我们继续前行，前面没有路，只能一边砍树一边慢慢地走，看似不远的路我们走了三个小时，走到石林区，再往前走，清一色的红石绝壁令人望而生畏。到近处仔细端详，峰群和绝壁呈现出千姿百态，每种姿态都是大自然神奇的手笔。只见峰巅上斜卧着一块巨石，形状酷似猛虎，下半身着地，上身悬空，昂头挺尾，那一声长啸似在林中回响，可说是"虎啸峰巅"。和书记指着一座山峰说，你们看看，对面的山峰像不像猪八戒和孙悟空？峰顶略呈方平，是老猪的帽子，往下是他的耳朵眼睛鼻子嘴巴，睡眼惺忪；那一块巨大的红岩石像不像是悟空的嘴脸？有一处绝壁，高约百丈，头重脚轻，像是一朵蘑菇，菇盖往前倾。种种姿态，难以尽述。

我们正在欣赏大自然的杰作时，突然有一声尖叫响彻山谷，大家都毛骨悚然。和书记马上给大家解释说：不要怕，这是生活在这里的滇金丝猴，可能发现我们了，猴王向它的家庭成员示警了。大家紧张的心情才转为喜悦的表情，没有想到会遇着滇金丝猴。我把想悄悄地去追那罗古箐的精灵的想法告诉了和书记，

龟背石

他说，滇金丝猴非常警惕，一点点动静它就知道了，会从高大的冷杉林树梢和岩石绝壁飞驰而过，我们根本无法接近它。听了他的话，我绝望地躺在地上幻想，要是自己有飞檐走壁的本事就好了，像这些精灵一样自由自在地在山水之间神游。

当晚住谷底，找了一块相对平点的地，烧了一堆熊熊大火，相互聊着自己的感受到天亮。第二天早上，和书记带我们爬另一座山峰，路程不远，但是每一步都需要披荆斩棘，有些地方需要爬到树上才能过去，我们非常艰辛地爬到了山顶。大家坐在山顶的石头上远远望去，眼前又是另一番景象：有的石壁上积附着水垢、青苔，与红岩丹峰浑然一体；有的如普米族少女的头像，亦如白族伙子的笑脸，又如喁喁私语的老头在互叙；还有的龟斑石遍缀峰顶，如万龟爬行；亦有的丹霞石峰多变，怪石层出不穷。

如猿人望月、雄狮守关、仙翁醉酒等，栩栩如生，济公愁、野猫逗鸡、金蟾戏松、和尚背新娘等，滑稽可笑。还有的高入云天，自在潇洒，有的朱衣红面，仙风道骨，真可谓境逾三界、百变无穷。看完这神秘的景点，和书记说再带我们去滴水岩。我们爬了一个又一个的坡，拐了一个又一个的弯，爬上一个岩石，看到滴水岩绝壁千仞、两崖对峙，足有三四百米宽，半空中有一缝隙，宽不过几米，中间一条溪流直下，形成了落差达三四十米的瀑布。往里看去有无数红染丹涂的石峰、石柱，十分壮观。要不是和书记，我们无法感受到罗古箐这个无极至真至朴的世界神秘！

一条铺满花瓣的步道

2016年的端午节，我们从已经修好的栈道到罗古箐。从箐花甸出发，栈道两旁的紫色杜鹃次第开放，簇拥着花道，路过一个小山坡，前面的一个花谷让我们心旷神怡。这片花谷不仅有紫色杜鹃，还有红色的、粉红色的，竞相开放。

旅游部门为道路的修建殚精竭虑，为了把最美的风景展现给游客，修栈道遵循了一个原则，就是不破坏景点、不破坏树木。这是一条花路，路是沿着花树而修的。我们去的季节恰恰是花快要凋谢的时候，路被满满的花瓣覆盖着，让我想起王阳明的诗《山中示诸生》：

桃源在何许，西峰最深处。
不用问渔人，沿溪踏花去。

"桃源"虽不知在哪里，但它留下的印迹——落花是随处

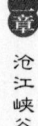

可见的。

我们沿着步道往山脊梁走，有两段步道依势凿在石崖上，甚是雄奇险峻。踏花六千米，走了两个多小时，到丹霞区山顶，在山巅上尽览群山，对面老君山山脉的五座高峰历历在目。放眼望去，云遮雾绕之中，青翠欲滴的群山若隐若现，宛如仙境。近览丹霞地貌的龟背石，崖壁一层层的，宛如蜂巢一般悬挂在山崖上。这里看到的龟背石，有"万龟石群"之称，美得让人窒息。在龟背石上休息，眺望着茫茫群山，寻觅着每个人内心的桃源。罗古箐是丹霞地貌的缩影，层层叠叠的石峰、石柱、石笋，色赛丹朱，灿若明霞，它出现在莽莽森林的绿色波涛之上，绝非"万绿丛中的红宝石"就能形容。看着眼前的这一幅幅丹崖翠谷的奇异景观，还真以为是鬼斧神工雕琢而成的，难以相信这是大自然的造化。再往前走三四百米就到了"石门"，"石门"是一扇天然镂空自然形成的山岩石门，看似摇摇欲坠，悬在山脊梁步道边缘的山崖上。驻足山崖边，俯瞰石门，透过石门，极目所至谷底，真有种上接天风、下临谷底、奇绝险幽、惊心动魄之感。

从"石门"行至"三叟峰"，约有2.7千米，是整条步道最为艰难险峻的一段，步道没有建成前，很少有人涉足至此。这段路有着茂密的原始森林和群峰山峦，是滇金丝猴、熊和其他动物栖息活动的区域。沿步道时而攀爬上山脊梁，时而下至谷底，又从谷底攀爬上山脊梁，几上几下穿行于崇山峻岭之中。有几段步道依势凿在石崖上，顺石崖拾级而上下。

在"三叟峰"下，只能面壁仰望高耸云天的石峰。但走出约1千米后，爬行至山脊梁上，这时再回望"三叟峰"，清晰可见。在群峰山峦之中，高耸云天的三座石峰，像三位老人在喁喁低语。此段路，谷底茂密森林，植被丰富，曲径通幽，置身其中，仿佛时空静止，身心释怀。驻足山脊上，犹如置身于"会当凌绝顶，一览众山小"的仙境中。近览有云遮雾绕、气象万千

罗古箐旅游步道

的老君山山脉的五座高峰，远眺可以看见迤逦蜿蜒、巍峨俊秀的碧罗雪山。

从"三叟峰"至"母亲树"，约有6千米，基本上是下坡路。行至5千米处，有一条岔道通向山坡，是去"吉利吉丽屏"观景台的路，约有0.5千米。伫立于观景台上，仰览崇山峻岭中的丹霞地貌，石壁高耸，撑持着云天，看似彩屏一般，让人情不自禁惊叹大自然的力量和神奇。沿着步道时而左时而右溯溪流旁平缓而上。清澈的溪流、茂密的森林、简朴的木桥、通幽的曲径，穿行于其中，让人忘却疲惫、忘却凡尘的俗虑，为心灵找到一份久违的宁静。沿途有回音壁、丹崖飞瀑、猴爬岩、河图岭、一线天等自然景观。集幽、深、险、奇、秀、峻于一体。"一线天"泻下的光束，更让此段路显得神秘幽深。坐在"母亲树"下休息平台的树墩或石墩上，仰望"母亲树"，让人不禁遐想……

从"母亲树"到"热丽落"休息平台约有2千米路程，沿途是葱茏森林，古木参天。到了箐边，一股清泉汩汩而流，这小溪就是普米族的母亲河，哺育着普米神山下面的子民。行走在通幽曲径上，山风拂面，心旷神怡。行1千米左右到"热丽落"草甸边缘出口处，然后从"情人树"下进入罗古箐情人坝。一条栈道有23千米，基本上能看到丹霞风貌，能感受罗古箐的山、水、古树、奇花异草。端午节前后游览的是一条杜鹃花铺满的路，"踏花归去马蹄香"，当你走完这花路，翩翩的蝴蝶会围着你飞舞。

罗古箐的灵魂是宁静的，心灵的境界因为离婆娑世界很远又很近，置身于这样的秘境里，你会放空自己。罗古箐是热闹的，普米族情人节在这里碰撞出燃

烧的激情，闪耀出世间最美的光芒。

老君山的后花园里秘藏着的箐花甸、罗古箐是风光的宠儿，她经历了远古洪荒的天崩地裂，雕刻出纵横交错、千峰万壑和处处绝壁的壮观景致。奇特的地理风貌，孕育出奇特的自然景观，有让人领略不尽的风光。在这风光如画的境地里，人和自然和谐共存，人与人和睦相处，营造出一个宁静祥和的生存环境。一个人们向往的地方，难以定格瞬间的画面。

犹如普米少女的丹霞风貌

金鸡飞过的地方

> 兰坪地处世界著名的多金属"三江"成矿带。全县已发现矿床（点）145 处，矿种 22 种。云南被誉为"有色金属王国"，兰坪是云南"有色金属王国"王冠上一颗耀眼的明珠。

　　兰坪自有名字以来就与矿石分不开。西汉设益州郡比苏县就是以宝藏矿石来命名的。"比"和"苏"白族话分别是"盐""山"的意思，也就是有盐巴的地方。县衙所在地的沘江也以盐这一矿石命名，是白族话"盐河"的意思。沘江从发源地的小盐井到云龙境功果桥流入澜沧江，有几百口盐井分布其左右。

　　相传，上古的时候，金顶一片汪洋大海，里面住着一条作恶多端的龙王，祸害百姓，无恶不作，龙王将到处搜刮到的财富藏于此。其宫殿金碧辉煌，珠光闪耀。它的宝藏已经富可敌国了，可是它总觉得自己少了点东西，心神不宁，坐卧不安。龙王的军师水蛇看透了它的心思，对它说："东山上有只生就丹冠凤眼、窈窕妩媚、婀娜多姿、光彩夺目的金鸡。"龙王喜出望外，于是派媒婆送给金鸡一座银山做聘礼，金鸡不答应，又送给金鸡一座金山，可金鸡还是不答应。龙王采取了各种手段想把金鸡取为妻，可金鸡就是迟迟不肯答应。练就聪明才智、勤耕善织的本领，更具有刚正不阿品德

金鸡寺

的金鸡明白，假如不答应嫁给龙王，它会变本加厉地祸害百姓。金鸡想了又想，想出一条妙计，就对媒婆说，只要答应我提出的条件我就可以嫁给龙王。金鸡决定采用这样的机会消灭掉作恶多端的恶龙。媒婆将金鸡的意思告诉了龙王，龙王喜不自胜，说可以答应金鸡的一切要求。金鸡说："龙王，我什么条件都不要了，只想看看你有多大的本领，你要是能把海水漫到我的岩峰上，让海水浸湿我的双脚，那你就算赢了，我就与你结为夫妻。"

龙王想要占有金鸡的心情火急火燎，马上回宫召集虾兵蟹将，乌龟王八，倾巢出动。刹那间，乌云滚滚，天昏地暗，狂风怒吼，暴雨倾盆，山洪横溢，海浪滔天。海岸四周的村庄居民、山坡森林、象群马鹿，都被恶浪吞没了。这样七天七夜，眼看洪水超过了岩峰半腰，还在节节上涨。龙王得意万分，口出狂言："哈！哈！看看吧，天下谁有我龙王呼风唤雨的本领！"他话音刚落，风刮得更猛、雨下得更大，海水急剧上涨。他起势翻身昂头，狂喷海水，掀起高高的浪涛，向岩峰涌来。可是，金鸡亭亭玉立，岿然不动。龙王又从海底扬起了头，一边狂呼，一边翻腾着向岩峰扑上去。当龙王再猛扑上去快要抱住金鸡大腿时，说时迟，那时快，只见金鸡一跃而起，对准龙王侧身猛烈地俯冲下来，随着一道金光闪现，只听见山崩地裂的一声巨响，将南边的山劈成两半，海水随着缺口波涛汹涌地流进了澜沧江。龙王没有了水就发挥不了自己的本事，金鸡用计谋将龙王消灭了，将龙王的皇宫及其宝藏埋在了海底，金鸡巧战恶龙的地方便是凤凰山。金鸡消灭了龙王以后展翅高飞去追求自己远大

的理想。金鸡巧战恶龙的故事如今还在兰坪大地上流传着,为了纪念金鸡,当地的人们自发组织修建了金鸡寺。"凤迹可昭宇宙,龙型永跃古今""金鸡无形留古寺,苍龙有迹跃河山",如今的金鸡寺还在那里矗立着。金鸡为我们留下了凤凰山,山上埋藏了世界级的宝藏。与古老的传说有千丝万缕地联系,并用民族语言的矿石来命名山、水、地名,这在世界上是绝无仅有的。

那金鸡战胜恶龙以后留下的宝贵资源遍及兰坪县境内,铅锌矿在兰坪共探明20个矿床(点),其中有超大型矿床1处,中型矿床1处,共获资源储量锌1423.7万吨、铅296.9万吨,分别占世界探明锌、铅资源储量的1/3和1/6,占云南省的60%和40%。主要分布于县境东部,即新发—高山井—回龙—啦井—期井—大山箐—老伙房的含盐盆地,将其与西部澜沧江铜矿带分隔开来。东部是以铅锌为主的多金属矿带,主要有金顶凤凰山铅锌矿、金顶兔子山铅锌矿、通甸菜子地铅锌矿、中排李子坪铅锌矿、石登"三山"铅锌多金属矿,共探明铅锌矿石储量1483万吨。

金顶凤凰山铅锌矿是国内已探明的特大型铅锌矿床,金顶凤凰山铅锌矿金属储量就有1439万吨,铅锌矿量占全省的73%,占全国的17%,为目前世界十大铅锌矿之一。矿床具有规模特大、品位较高、矿石选冶性能较好、矿体集中且埋藏浅、水文地质条件简单至中等,开采条件良好等特点。矿石中主要金属矿物有闪锌矿、方铅矿、菱锌矿、黄铁矿、白铁矿等,非金属矿物有

金鸡寺石刻

天青石、重晶石等，脉石矿物有方解石、石英等。主要伴生组分有硫铁矿中的硫、锶、镉、铊、银及共生天青石、硫铁矿、石膏等。矿体赋存集中，且埋藏较浅，75%的矿石可进行露天开采。

矿区有两个矿带，上矿带由下白垩统景星组底部的石英砂岩组成，下矿带由下第三系云龙组上段含角砾砂眼和灰岩角砾组成。矿体明显受岩性控制，产状与围岩基本一致。全区共圈出铅锌矿体446个，矿区95%以上的储量分布于北厂、架崖山、蜂子山、跑马坪等四个矿段。此外，与铅锌矿共生的矿体有硫铁矿矿体76个、天青石矿体100个、石膏矿体59个。

铅锌广泛用于电气、机械、军事、冶金、化工、轻工业和医药业等领域。此外，铅金属在核工业、石油工业等部门也有较多的用途。铅锌矿为兰坪社会经济的发展做出了积极贡献，曾经是怒江州

凤凰山露天开采的铅锌矿

的经济支柱。

铜矿资源是境内仅次于铅锌的第二大优势矿产资源，在境内共发现115处矿床（点），其中中型矿床1处，小型矿床2处，探明铜资源储量17.7万吨，共（伴）生铜矿资源38.5万吨。主要分布于澜沧江两岸的营盘金满、石登小格拉、河西燕子洞、白秧坪等地，其中营盘金满铜矿详查储量为10.3万吨，恩棋—小格拉铜矿探获资源量为5万多吨，燕子洞铜矿储量4.24万吨，白秧坪铜矿储量3.7万吨。在兰坪不断发现的铜矿资源将为当地经济的发展做出积极贡献。

曾几何时，兰坪一直属于丽江府管辖，木氏家族统治期间，兰坪的银和盐成就了木府的事业，在兰坪开采的银矿和盐矿源源不断地运往丽江。可以这样说，来自兰坪的银和盐为丽江四方街的繁荣与发展提供了必要的条件。

兰坪境内银矿资源大多伴生于铅锌、铜矿之中，共发现8处矿床（点）。其中，金顶凤凰山铅锌矿块体成矿率在兰坪子块体内，累计探明银储量2029吨。就兰坪—泸水整个块体而言，块体内预测资源总量8008吨，潜在资源量尚有5833吨。河西乡区吾银矿初步探明储量为581.13吨，河西灰山银矿储量171.44吨，中排富隆厂银储量537.18吨，河西白秧坪银矿探明银远景储量为7000吨。

缪悔一先生的《沧怒两江见闻录》里这样写道："喇鸡井，在沧江边是一重镇……井场位于山谷中，四面童山，绝少树木……此井系杜文秀所开，井在场右山腰，井前有龙王庙，有殿宇，有戏台，庙后搭棚入井（又名卤洞），井水略带黄色，用轮汲引，倾入用梭榈凿成之水槽，直接引到锅里，不费力地熬成了盐块。盐有两种，水盐质较硬，须溶入水中始能食，不易使之成粉也。盐质较之滇中所见各处，俱极优异，每月可出二十余万斤，销往永北、永昌及周围七八县属。"

盐矿是兰坪优势矿种之一，主要集中分布于兰坪盆地中

第二章　沧江峡谷之上

心内的复式向斜构造中，由北向南分布有高山井、啦井、温井、期井等含盐盆地，一直延伸至云龙县境内的顺荡井和洱源县的乔后井含盐盆地，断续延长近 54 千米，形成一串珠状的含盐矿带。经区域地质调查有 9 处含盐产出，其中啦井盐矿床为小型规模。啦井小型盐矿床位于啦井镇啦井河北岸，面积 3 平方千米，矿体控制长 900 米，厚 60—114.7 米，平均厚度为 92 米。

锶是一种银白色带黄色光泽的碱土金属，在自然界以化合态存在，可由电解熔融的氯化锶而制得。锶元素广泛存在于土壤、海水中，是一种人体必需的微量元素，具有防止动脉硬化、防止血栓形成的功能。用于制造合金、光电管，以及分析化学试剂、烟火等。

兰坪的锶矿主要分布于金顶和河西，发现矿床共两处（中型一处、大型一处），储量 793.35 万吨，其中河西大型锶矿储量 21.04 万吨。经多种测试证实，矿床为优质锶矿床。河西东至岩中型锶矿 E 级矿石储量为 51.34 万吨，金顶大型锶矿探明储量 720.97 万吨。

全县其他矿产已查明有硫铁矿 538.55 万吨，石膏 14555.39 吨，钴为白秧坪铜矿的伴生矿，探获资源量 1536 万吨；发现铁矿点 12 处，获资源储量近 50 万吨；有 20 余个汞矿床（点）。

美丽的传说故事和丰富的矿产资源是兰坪的特点，遍布全县 8 个乡镇的矿产资源是兰坪的骄傲。如果云南被誉为"有色金属王国"，那么兰坪就是这个"有色金属王国"王冠上一颗耀眼的明珠。

澜沧翻金波　碧浪献明珠

自古以来，澜沧江在云岭山脉和碧罗雪山之间肆意奔突的纵割深切下，在兰坪形成了激流飞湍、屏障耸立的幽深峡谷。一个亿万年的天堑，阻隔着民族梦想的通透。而今，时代发展的飞速推进，使得澜沧江不再沉寂，水电开发，宏图大业，可谓金波翻涌，碧浪呈祥！

日月恒行，星光熠熠；天空辽阔，大地苍茫；群山巍峨，江河滔滔。

兰坪是一块山高水长的丰饶大地，森林茂密，矿藏富集；民族众多，文化璀璨；有着碧罗雪山这样近乎终年积雪的壮美高峰，也有穿山破壁、百折不回奔向大海的澜沧江水。

提到澜沧江，从发源地到入海口，一路奔腾，一路风光无限；既有深切的绵长峡谷造就的自然天堑，令人望江兴叹；也有开阔流域浇灌的富庶城邦，广袤原野。

众所周知，澜沧江发源于青海省南部的唐古拉山，由西藏东部进入云南，穿越横断山脉，自西双版纳州244号界碑出境，出境后被称为湄公河。澜沧江—湄公河是亚洲仅有的一条一江连六国的国际河流，人们把它誉为"东方多瑙河"。这条奔腾的大河一路流经老挝、缅甸、泰国、柬埔寨，最后，从越南的胡志明市注入浩瀚的太平洋，全长4880千米，其中，在中国的河道长2179千米。

众神之河

澜沧江是一条承载着东亚文明的河流。澜沧江流经的地方,就会孕育出一种伟大的文明。澜沧江一路歌咏不息,一路多彩人文,异域风情令人目不暇接。然后,它又义无反顾地一路向前奔去,奔向广阔的太平洋。

为此,云南诗人于坚花了六年时间,从发源地到入海口,无数次亲临澜沧江,以散文的笔触去传记性地描述,完成了中国第一部为一条河流而写的书——《众神之河》。作者在"以金钱和物质为基础的世界之上",发出了"呼唤众神指引灵魂"的心声。

作为兰坪人,我也曾有幸书写过澜沧江。不仅因为澜沧江流经兰坪,是我们永远的母亲河,更是为了完成一项任务——以纪实文学的方式记录澜沧江的资源开发,在兰坪建设两个梯级电站工程项目的实施过程。作为籍籍无名的我,虽然一切都不能与于坚这样的大家相提并论,但我对澜沧江的那份情感,始终是真挚的、炽烈的。这份情感就像澜沧江一样汹涌澎湃。

现在,我将以一颗赤子之心,再一次书写澜沧江。

其实,我对澜沧江并不是最熟悉的。我出生于1965年,我的家乡距离澜沧江只有十千米左右的路程,但由于家庭的贫困、交通的阻隔,直到1982年,我已经是一名17岁的高中生才有机会跑到营盘看望澜沧江。记得那一次的主要目的是找在营盘中学任教的大哥要生活费。当时,我不顾夏天的酷热,到达营盘的第一件事就是近距离地看望澜沧江。我跑到梭罗寨吊桥,痴痴呆呆地看了一个多小时的大江奔流,深深地被澜沧江滚滚奔涌的江水和浪涛所震撼,内心的万千感慨却无法表达。只觉得,生命川流不息,大地如此广博,江河如此澎湃,宇宙如此浩瀚。逝者如斯,而我却只有发呆的份儿,几近不能思考。

岁月如流,时光飞逝。当初那个青涩懵懂的青年终究被岁月赋

澜沧江

予人生应有的内涵,同时,也被风霜毫不吝啬地染成了足够沧桑的容颜。在后来的人生际遇里,虽然时常穿梭路过澜沧江峡谷,但终究没有太多时间能够亲近澜沧江,考究就更无从谈起了。倒是澜沧江水电开发,给了我进一步深入了解澜沧江前世今生的一个机会。

澜沧江河源扎曲,发源于青海省玉树藏族自治州的杂多县吉富山,源头海拔5200米。澜沧江源区,河网纵横,水流杂乱,湖沼密布,流经的地区有险滩、深谷、原始林区、平川,

这里地形复杂，冰峰高耸，沼泽遍布，景致万千。

澜沧江从源头出发，在昌都的云南桥上遥望过茶马古道上的赶马哥；在德钦领略过卡瓦格博雪峰下的壮丽山川；在茨中聆听过峡谷百年教堂的悠远钟声；在西双版纳倒映过凤尾竹下小卜少婀娜轻柔的身影。然后继续一路向南，渐次流经吴哥、西贡……

澜沧江流经青海、西藏和云南三省，是西南地区的大河之一，世界第六大长河，亚洲第三大长河，东南亚第一大长河。

澜沧江在云南境内的流程达 1247 千米，流域面积 16.5 万平方千米，占澜沧江—湄公河流域面积的 22.5%，支流众多，较大支流有沘江、漾濞江、威远江、补远江等。

亿万年来，澜沧江穿行在横断山脉之间，江水汹涌澎湃。流域内地势起伏剧烈，地形复杂陡峻，地势高亢，山峦重叠。河谷深切且狭窄，两岸是参差不齐的大岩石，奇峰嶙峋。形成两岸高山对峙、陡坡险峻的 V 形峡谷。

澜沧江峡谷营盘段

兰坪是澜沧江流经云南的第三个县。令人唏嘘不已的是，澜沧江由北向南纵贯兰坪境内130千米，从维西县的南部进入兰坪的北甸村，流经中排、石登、营盘、兔峨四个乡镇，最后，从兔峨乡的火烧关，继续向南，进入大理州的云龙县。

"一条大河波浪宽，风吹稻花香两岸，我家就在岸上住……"每当听到这首脍炙人口的经典老歌，兰坪人就会不由自主地想起澜沧江。因为澜沧江在兰坪长达130千米的流域，占了全县的半壁江山——八个乡镇中的四个乡镇。且如歌中所唱的那样，沿江的四个乡镇，虽然都是高山深谷，但由于气候温热，而源自碧罗雪山千沟万壑的水流十分丰沛，足以浇灌那漫山纵横交错的万千阡陌，是兰坪自然天成的稻谷之乡，"风吹稻花香两岸"就是最真实、最贴切的写照。

然而，自古以来，澜沧江的强悍与无情，造就了澜沧江峡谷山重水复的万般惊险，对江西农村的经济、社会发展造成极大阻碍。

澜沧江在兰坪境内的 37 条河流

其实，在兰坪，由于山高谷深，落差巨大，浇灌澜沧江西岸万千稻田的却并非澜沧江，而是从碧罗雪山万千沟壑倾泻流淌下来的大小河流。由于碧罗雪山几乎终年积雪，高山湖泊云集，飞瀑流泉众多，形成的众多河流，次第注入滚滚南流的澜沧江，不断壮大着澜沧江的波澜。

云南当代诗人雷平阳曾经写过这么一首特别古怪而又构思奇巧的诗——《澜沧江在云南兰坪县境内的三十七条支流》。写澜沧江，但却相当细致地标注了这条江在兰坪境内沿途的 37 条河流。这是什么视角？这又是怎样的构思？完全出乎意料，实在匪夷所思。但慢慢咀嚼，细细品味，却实在令人节节赞叹。"不积跬步无以至千里，不积小流无以成江海。"诗人以极其敏锐的笔触，不着一字的赞美，就写出了广纳博收的澜沧江的澎湃气象。

而正是在这 37 条支流的浇灌下，澜沧江西岸的稻谷年年芳香，村寨繁密，人丁兴旺，许多不为世人熟知的人文景致，在时光的自然流转中繁衍生息，偶露峥嵘，熠熠生辉。却是冰山一角，深厚内蕴，难以窥探。无价之宝，有待深入挖掘和考究。

一方水土养一方人。澜沧江以西，碧罗雪山之下，世代聚居着傈僳族和白族支系那马人。由于历史上的山阻水隔，交通的封闭与落后，居住在江西的人们出行总要通过溜索来飞越澜沧江，极大地阻碍了当地的经济社会发展。正因如此，在那里，至今还保留着大量的白族传统古文化，如歌舞音乐、古历法、节日祭典、婚丧嫁娶等民族风俗，具有极高的挖掘保护、开发研究和旅游观赏等价值。也许，这又是一种不幸中的万幸。

黄登岩水电站施工之夜

"小太阳"的光耀

　　澜沧江被人们称为"小太阳"。澜沧江全流域干流总落差5500米，在中国境内水能资源可开发量约为3000万千瓦，其中云南省境内共规划14个梯级电站总装机容量为2580万千瓦，约占86%，相当于1.4个三峡电站，年平均发电量为1189亿千瓦时。因此澜沧江水电开发在云南乃至全国的能源开发中均占有举足轻重的地位。

　　云南是国家西电东送的重要基地。按照中央关于西部大开发的发展战略，为使云南电力工业成为拉动云南经济发展的优势产业，云南省紧紧抓住国家实施西部大开发的机遇，贯彻两个战略——"西电东送"战略和"走出去"开放战略，充分发

挥云南水电资源优势和区位优势,提出"西电东送""云电外送",把云南电力工业逐步培育成云南的支柱产业。

澜沧江干流不仅水能资源十分丰富,而且具有地形地质条件优越、水量丰沛稳定、水库淹没损失小、优良的调节性能和显著的补偿效益、综合利用效益好等特点,特别是中、下游河段条件最为优越,被列为早期重点开发河段。

从20世纪90年代开始,第一座澜沧江水电站——漫湾电站建设至今已经过去了二十多年。目前,澜沧江上已经建成的水电站有

景洪、大朝山、漫湾、小湾四个，在建的有糯扎渡、功果桥、里底、黄登、大华桥、乌弄龙、如美、托巴等。

　　穿行于碧罗雪山和云岭山脉之间的澜沧江，在兰坪境内130千米流程的过境水量为275亿立方米，是澜沧江综合开发梯级电站的上限，是澜沧江流域的又一颗"小太阳"。澜沧江在兰坪的径流量占云南省的14%，平均总流量为39.9立方米/秒，水能理论蕴藏量为16.35万千瓦，可开发利用6.45万千瓦，现已开发1.2万千瓦，占可开发利用水能的20.1%，尚待开发的还有近80%的水能，前景十分喜人。

　　一条江注定是不会寂寞的，更何况是蕴藏着极其强大而又永不枯竭的能量的澜沧江。

　　澜沧江水电开发是云南各族人民共同的梦想，也是兰坪各族儿女世世代代的梦想。为了这个梦想，兰坪人民期盼的时间已经太久太久。

　　曾几何时，我们还在为滚滚澜沧江水的无谓流逝而叹息。可是，当人类进入21世纪第一个十年之后，仅仅在兰坪境内，黄登、大华桥两个梯级电站的相继建设，使我们看到了澜沧江

❶ 导流洞施工
❷ 黄登岩电站大坝

无可替代的资源潜力，看到了澜沧江的无穷能量正在为人类所用，实现了把澜沧江的巨大价值贡献给人类社会发展的宏图大略。

2009年，澜沧江在兰坪段的两个电站——黄登、大华桥水电站建设终于掀开了神秘而又壮美的帷幕。

自此之后，连续近十年时间，澜沧江峡谷日夜沉浸在马达轰鸣、机声隆隆、车轮滚滚的建设洪流之中。一种改天换地的豪情壮志在每一个人的心中滋生蔓延，一种旷世胜景即将诞生的激越情怀总在鼓荡着每一个人的胸膛！

"长风破浪会有时，直挂云帆济沧海。"这是一个一切皆有可能的时代，同时也是一个奇迹迸发的时代。

黄登水电站，是云南澜沧江（云南段）上游古水至苗尾河段水电梯级开发"一库七级"方案中的第五级水电站，上游与托巴水电站，下游与大华桥水电站相衔接，坝址位于营盘镇上游，电站地理位置适中，对外交通十分便利。静态总投资约149亿元，动态投资173亿元。水电站于2008年开工，2011年11月截流，计划2017年12月首台机组发电，2018年9月竣工。电站建成后除向云南省电网送电外，还将向广东省供电，担负着"西电东送""云电

❶ 被淹没前的大华街
❷ 黄登水电站施工现场

外送"的任务。

电站采用堤坝式开发，开发任务以发电为主，兼顾供水，并促进了易地搬迁群众脱贫致富和当地经济社会发展。国家发展改革委在可再生能源发展"十二五"规划中，已将黄登水电站列为澜沧江流域重点水电建设项目，同时列入了云南省"十二五"期间开工建设的重点电源项目。

黄登岩电站

电站正常蓄水位1619米，相应库容15.49亿立方米。电站装机容量190万千瓦（4×47.5万千瓦），年平均发电量85.8亿度，工程总投资估算额为1732814.64万元，其中静态总投资为1488244.56万元。

大华桥水电站，位于云南省怒江州兰坪县兔峨乡境内的澜沧江干流上，是澜沧江上游河段规划推荐开发方案的第六级电站，上游为黄登水电站，下游为苗尾水电站，工程为堤坝式开发，以发电为主。坝址控制流域面积9.26万平方千米，多年平均流量925立方米/秒，电站正常蓄水位为1477米，调节库容0.41亿立方米，属日调节水库。装机容量90万千瓦，多年平均发电量40.67亿千瓦时。

兰坪澜沧江黄登、大华桥两个水电站由中国华能集团公司控股和管理的特大型流域水电开发企业——云南华能澜沧江水电有限公司开发建设。

澜沧江水电开发再次唤醒了几近沉寂的兰坪大地，黄登大华桥水电站建设不断引领着地方经济可持续发展，极大地推动了兰坪的经济繁荣和社会进步。工程项目的稳步推进，如火如荼的建设高潮，吸引了八方来客，迎来了全国各地的建设者和经商者，为当地群众带来了看得见、摸得着的经济利益和发展机会。自兰坪"两站"建设实施几年来，大项目拉动大发展，人流、物流、资金流穿插交织，频繁涌动，不仅触动着人们观念进行不断转变，而且在飞速的发展和变化之中，不可限量的影响与效益已经日渐彰显。

黄登、大华桥水电站，就像两颗太阳般明亮的珍珠，串在澜沧江上游的顶端。澜沧江被誉为"小太阳"，而只有在澜沧江上被开发建设成一个个大小不一的水电站，才能发光发热，才能称其为真正的"小太阳"。目前，澜沧江上已建和在建的水电站已经有十多个。这十多个电站从下游开始，然后是中游，最后是上游的顺序逐级开发，就像是十多个珍珠串在了一条美丽的绸带上一般，光彩照人。

虽然，澜沧江在兰坪境内的流程只有130千米，但这短短的130千米却因为黄登、大华桥两个电站的建设而创下了空前（是否绝后尚不得而知，但起码在50年甚至100年内几乎很难再有投资超过245.27亿元的重大项目落户兰

黄登水电站施工营地

坪）的记录。

这130千米的澜沧江却给予了兰坪人民功在当代、利在千秋的恩赐。人们总喜欢把高山比喻为父亲，把大江大河比喻为母亲，所以，澜沧江就是兰坪各族人民的母亲河，它像母亲一样，用自己甘甜的乳汁哺育着兰坪人民，生生世世，千秋万代。

兰坪是一个群峰耸立的山之国度，但是，因澜沧江的存在，因澜沧江从这群山之中一路向南穿行而过，我们的梦想才变得如此宏大与辉煌。今天，我们仍旧行进在浇铸梦想、构筑未来的艰难征途上。但是，明天的辉煌已经注定是指日可待的愿景。

而随着澜沧江水电的开发，以及130千米沿江公路的建设，澜沧江沿线共有大小桥梁70多座，隧道9条，极大地改善了两岸的交通往来。

高峡出平湖，天堑变通途。在此，我们可以面对茫茫山川、高山长河无比自豪地宣告：兰坪，已经进入了一个崭新而美好的时代。

回溯源头，沧海桑田，深情永驻；喜看今朝，改天换地，沧龙俯首；遥想未来，壮丽画卷，无限美好。这是苍天的厚爱与馈

① ② 被淹没前的大华桥

大华电站

赠,这是大地的慷慨与恩情,这是山河的祖护与庇佑。

啊!澜沧江,你源远流长、宏伟博大、多姿多彩;你古老悠久、气势磅礴、力量无穷!

啊!澜沧江,你涌动着春潮一般的风采,你掀起惊涛万丈的气概,你的巨浪荡涤着历史的尘埃,你雄浑的涛声回荡在天外……你有着惊天地泣鬼神的无穷力量,你让我们世世代代永远依恋,你是我们共同的母亲!

久久地仰望巍峨的碧罗雪山,真想摸一摸它圣洁的额头;轻轻地捧一把澜沧江的清流,无限的感慨在心头潮涌,无言的感激化作满腔的热血,在五脏六腑澎湃激荡……

回首澜沧江的前世今生,我们的心底奔涌的是岁月恒久的吟唱,展望澜沧江的今朝未来,我们的胸膛燃烧的是梦想灿烂的光芒。

在兔峨花坪的澜沧江弯

第三章

横断山脉深处的乐土之邦

这是一个民族文化多元性的典型区域,是全国唯一的以普米族命名的民族自治地区,是白族支系那马人古老文化的沉积地,是傈僳族传统文化的保留区,是滇西北南北民族文化碰撞的交汇点。以白族、普米族、傈僳族、怒族、彝族为主的各族人民,在长期的劳动生产和生活实践中创造并留下了许许多多优秀的民族文化,成为当代弥足珍贵的非物质文化遗产。

兰坪的"五朵金花"

> 56个民族,56朵花。兰坪白族普米族自治县的5个主体民族就像5朵花绽放于滇西北高原,这是祖国百花园里一束芳香四溢的奇葩!5个主体民族,像5姐妹世代和睦相处,共同创造了独具魅力、绚丽多姿的兰坪文化,让世界瞩目!

> 五十六个星座五十六枝花
> 五十六族兄弟姐妹是一家
> 五十六种语言汇成一句话
> 爱我中华爱我中华爱我中华
> 嘿罗嘿罗嘿罗嘿罗嘿罗嘿罗
> 爱我中华
> ……

这是著名的歌曲《爱我中华》!这首活泼欢快、激荡人心的歌,让每个中华儿女都十分喜爱!每当宋祖英唱起来,就让我们豪情满怀,心潮澎湃!每当我们唱起来,一股浓郁的爱国主义情怀和朴素的民族团结的强大力量,在我们的血液里沸腾激昂!

是的,你知道了五十六个民族五十六朵花。可你是否知道,其中的五朵金花,是绽放在滇西北高原横断山脉深处?

这里的五朵金花,不是长春电影制片厂在1959年制作的音乐爱情电影。白族青年阿鹏与副社长金花在一年一度的大理三月街

白族那马人阖家欢

相遇时一见钟情，次年阿鹏走遍苍山洱海寻找金花，经过一次次误会之后，有情人终成眷属。

这里的五朵金花，是生活在怒江州兰坪县境内的白族、普米族、傈僳族、怒族、彝族五个主体民族。她们像花一样美丽迷人，像花一样汲取天地之精华，像花一样孕育果实，像花一样轮回繁衍！

澜沧江，像刀一样把大山劈开一个缺口，自己奔腾而去。在兰坪境内的澜沧江，她的血脉由93条支流组成。这93条支流分布在兰坪的大山大箐中，流域面积3758平方千米，均为澜沧江水系（呈羽状分布），而兰坪的14个民族（5个主体民族），23万人口就在93条支流周围生生不息。长期以来，由于这块土地交通闭塞，与外地交流较少，因此，古老的民族文化保存得比较完整。这里是一个民族文化多元性的典型区域，

　　是全国唯一的以普米族命名的民族自治地区，是白族支系那马人古老文化的沉积地，是傈僳族传统文化的保留区，是滇西北南北民族文化碰撞的交汇点。

　　澜沧江流域，是兰坪的秘境家园！

白　族

　　当你在大理游完下关风、上关花、苍山雪、洱海月后，那么就

① 木楞房村的变迁
② 白族民居照壁

西进，进入剑川看看木雕，听听石宝山的白族对歌。这样你对白族家园、风土人情、秀美山川就有所了解，如果你还不尽兴，那么请你再向西行，这里有一个 81 社区，它就属于怒江傈僳族自治州兰坪白族普米族自治县通甸镇了。

在 81，你会看到有一坝较为平整的田野，剑兰二级公路从中间穿越，两边阡陌交错，人影点点，远处蓝天白云下山峦连绵，牧歌悠扬，这里被称为怒江第一坝——通甸大坝。在其周围分布的各个村落，你很快就能看见，这也是青瓦白墙、"一房两耳""三坊一照壁"的白族建筑。不论你走进哪一家，都会看到黑布包头，或者戴线帽，身穿领褂的妇女，她们用与剑川差不多的白族口音热情地邀你进家小坐。再往西，随箐而下 35 千米，就进入金顶镇，也会看到一样的民居建筑和民族服饰。这就是兰坪境内的白族，除了啦井东部有一部分白族外，白族就分布在通甸、金顶一带。也许你会说，兰坪的白族与剑川一样嘛，那你错了。从澜沧江干热河谷地带直到高寒山区的广大地区，从西部澜沧江河谷沿岸的缓坡地带、台阶地再到中东部地区的山间槽地、半山区，都有白族聚居点，白族支系那马人是分布在澜沧江沿岸和河西一带，那才是兰坪白族的秘境家园。

那马人是白族的一个支系，是兰坪白族区别于其他地区白族的亮点之一。白族是兰坪人口最多的一个少数民族，人口约 10 万人，占全县总人口的 46.47%。县境内的白族分为两部分，一部分是金顶、通甸和啦井东部等地的白族；一部分是澜沧江沿岸及啦井西部、河西等地的白族支系中的那马人。

那马人是土著族群，在漫长的人类发展中，从邻近的洱海区域和鹤庆、剑川、云龙、丽江等地先后迁入兰坪定居，也有少数是明清时期来自南京应天府、江西吉安府等内地戍边的汉族流民，他们长期与当地的白族生活在一起，在彼此交往和通婚过程中变服从俗，融合于白族中，也就变成了那马人。

白族那马人古歌舞

那马人没有文字,一直通用汉文。最早出现这个白族支系称谓的是清朝余庆远《维西见闻录》称为"那马",之后在许多志书和学术研究论文中通用"那马"称谓。人们习惯用词中将"那马"书写成拉玛,已经约定俗成。因此,在许多报刊中常出现"拉玛"一词。

那马人,是最纯粹的白族。许多民族研究专家学者对那马人的族源迁徙、宗教崇拜、婚姻血统、语言归属等方面的研究表明,处于相对的自我封闭与保守状态,保留着古老的白族文化。那马人的"开益"调,是民间传情达意、感情交流的民歌。它采用"二七一五"(两行七字一行五字)的句式,朗朗上口,易于传唱。它除注重字、句,格式严谨外,还讲究押韵和声调的和谐统一,注重措字谐音,以及运用排比、对仗、比、兴等艺术手法,是白族保存最为完整的文学样式。那马人口耳相传,创作了大量的故事、民谣、古歌等优秀口头文学,其中最有代表性的是古歌《白子王》。它采用开场白说白、引唱、独唱、合唱等多种形式,结构运用那马

桃树湖的早晨

人"二七一五"句式，思想性、艺术性都具有较高的文学、历史、民俗价值。

明嘉靖年间，在兰坪烟川的那马人（白族那马人自称"白子"）孪生兄弟金来拐、拐来兄为了推翻日迁（今大理城）王的封建统治，举旗起义。

起义军战无不胜，所向披靡。从中排出发，一路攻克分江、共兴、沙坪、上关，直捣日迁城（大理）。在大理城内，白子军与敌军厮杀激烈，难解难分，尸首遍地，血流成河。由于大理城街深巷密，白子军因对地形不熟，伤亡惨重。后来，白子军管家临阵投敌，出卖了白子王，白子王兄弟不幸战死。起义虽失败，但是两兄弟的英雄壮举，当地人民代代相传。"白子王"成了那马人一曲悲壮的民族英雄抗争史歌。

《白子王》是一部白族那马人的英雄史诗，带有神奇色彩。

千百年来，云岭大山和滚滚澜沧江养育了这方百姓，使各民族和睦相处，生生不息。也是这大山大江的威严，赋予了大山儿女勤劳、善良的天性，造就了大山汉子英勇无畏的秉性。

白族那马人，不仅是勇敢正义的民族，而且是勤劳善良的民族。以前，他们大都居住在木楞房，现在一般居住在一房两耳的砖木结构的二层楼房。不论走进哪一家，你都会在二楼正房里看到"天地国亲师"的牌位。天地国亲师，以前称为天地君亲师，是中国儒家文化的祭祀对象。那马人，虽然没有文字，但受儒家文化影响较深，他们感恩天地，感恩君师，感恩宗亲。具有敬天法祖、孝亲顺长、忠君爱国、尊师重教的价值观念取向。

自明清以来，佛教、道教、儒学相继传入兰坪，在一些经济较为发达的地方，修建了观音庙、玉皇阁、魁星阁、文昌宫等庙宇，但没有形成单一的宗教，而是以崇拜为主。一般主要体现在自然崇

拜、祖先崇拜和本主崇拜方面。因此，在平时生活中是十分注重自然崇拜的，敬畏天地，勤耕细作，祭祀山神、土地神、五谷神、龙神等与生活有关的各路神灵，祈求风调雨顺、五谷丰登、六畜兴旺、安居乐业。其中规模最大的是"祭天牛"，求天神保佑。崇奉忠君爱国，敬畏祖先。凡是逢年过节、婚丧嫁娶、起房盖屋等事，都要敬献天地祖先牌位。特别对于祖先，每年腊月二十五要接祖，正月初（各个地方的日子不同）要举行送祖仪式。本主崇拜就是，白族那马人信奉多神教，各村诸神中以某神为该村的主神，被认为是保护本方本境之王。本主神中，除少数自然崇拜之神外，多系历史上被神化了的著名传说人物。逢本主生日、忌日，或者年终岁首都要举行庙会。迎送本主，为各村盛大的宗教节日。平时，它是日常事务的主管，比如，生小孩要去"落户"，死人要去"除名"，结婚要去"登记"，出门要"保平安"，家境不顺要"逢凶化吉"等等，像是办理必要的"合法"手续。

生活在白族那马人地区，由于受独特的崇拜意识影响，一股古老的文化和现代乡村文明之风扑面而来，心灵得到净化，精神境界得到提升。

❶ 白族支系那马人姑娘

❷ 白族支系那马人结婚之新郎新娘叩谢长辈敬烟、酒、茶等仪式

普米族

歌唱家茸芭莘那，声音华丽，情感饱满，她演唱的《怒江大小调》《峡谷情人夜》《美丽的大羊场》等都是怒江的民歌，深受听众喜爱。2006年她夺得

《星光大道》总冠军之后,茸芭莘那就走进了千家万户,妇孺皆知。特别是大家熟悉的《唱支山歌给你听》,正是茸芭莘那将她所理解的普米族精髓以流行音乐的方式来表达的一部作品。她,就是兰坪白族普米族自治县河西乡人,普米族歌唱家。

1986年,有一场百人演唱会,只唱一首歌,那就是《让世界充满爱》。这首温暖而闪着人性光芒的歌词就出自著名音乐人、词作家陈哲之手。陈哲为了抢救、保护民间文化的血脉,走遍了广西、贵州、四川、云南的山山水水,采撷了大量丰富的民间文化素材。陈哲感慨地说:"兰坪是云南白族普米族自治县,那里有一望无际的原始森林、鲜花盛开的草场、清澈的江湖和溪流,那里美如仙境的自然地貌基本保存完好,而少数民族的传统文化也在群山隔绝中延续至今。"他创作的歌曲《兰坪姑娘》,也正是得益于他最早选中的民族民间文化保护试验基地——兰坪普米族传统文化传习小组。

也许你听说过,而且非常地向往——在滇西北有个"普米情人节",那就是兰坪的普米情人节!每年端午节,在风景秀丽的雪盘山脉雪门坎、拉巴山、罗古箐等地举办民族歌舞盛会,被称为"东方情人节""普米情人节",它是兰坪普米族文化的一张名片。情人节来临之际,四海嘉宾慕名而来,与兰坪各族群众同歌同舞,通宵达旦,欢度节日盛会。

普米族舞蹈史诗《母亲河》,受到艺术界的高度评价,荣获中国文联"荷花奖"银奖。舞蹈《搓蹉》,在首都北京和国际舞台上演出,引起轰动,享誉海内外。在斯洛伐克米亚瓦第59届国际民间艺术节、捷克斯特拉日尼采第73届国际民间艺术节上,兰坪普米族传统文化传习小组展演的口弦合奏、四弦合奏、拜龙调、《搓蹉》等普米族歌

茸巴莘娜

普米族一家

舞,大放异彩,惊艳欧洲!

是的,普米族是一个思想活跃、性格豪爽、能歌善舞的民族,它就在兰坪!兰坪是全国普米族人口最多、最集中的一个县,是全国唯一的普米族自治县。人口近两万,占全县总人口的8.68%。普米族聚居和分布在境内雪盘山和老君山中北部半山区的河西、通甸、金顶、啦井、营盘、石登6个乡镇,共27个行政村。普米族自称"普日米""普英米""培米",都是"白人"或"纯洁高尚的人"的意思,旧称"西番",史称"巴苴",中华人民共和国成立后统称"普米族"。

普米族历史悠久,是迁徙民族。先民为远古时代居住于青藏高原甘青巴颜喀拉山周围地区的古羌人。在迁徙中,他们沿着金沙江、雅砻江之间的谷地,逐渐向南迁徙到川、滇边境地区的白狼槃木等氏族部落联盟中。在7—9世纪时,吐蕃王朝势力强盛,占领金沙江、雅砻江区域,普米族居住地遂延伸到四川盐边,云南宁蒗、华坪、永胜等地。宋宝祐元

❶ 普米族姑娘吹口弦
❷ 普米族姑娘织麻

年（1253年）秋，忽必烈率大军南征大理，途经普米族居住的西昌、盐源、宁蒗等地，西番头人归顺。普米族人因作战英勇，深得忽必烈嘉奖，沿途攻取的关塞多由西番兵留守。因而，普米族居住地又向金沙江西延伸，到兰坪、维西、丽江一带。

普米族文化灿烂。怒江州民族文化研究著名学者、原怒江州作家协会主席罗世保曾经撰写过《开创普米族文学先河的名篇〈白狼歌〉》一文。文章中说，《白狼歌》是白狼王一行不远万里，从川西一带到河南洛阳，为了表达白狼国倾慕中原文明和归附王朝的心情，编了三首民歌，奉献给朝廷。《白狼歌》是怒江傈僳族自治州境内各民族文化中最早被载入史册的名篇，歌词共计四十四句，每句四个字一百七十六字，有古普米语记音和汉译文两行并列文字。《白狼歌》产生在东汉明帝永平年间，这充分证明了西南地区的少数民族是中华民族大家庭中的一员，属于白狼国后裔的普米族同内地的交往和友好相处已有两千多年的历史。白狼民族爱国精神是可歌可泣的，是值得后人继承和弘扬的优秀传统文化。

普米族崇尚与自然和谐相处，"居深山、聚族而居"。在漫长的岁月中，他们逐步由游牧生活转为农耕定居，大多居住在山区和半山区。因此，山神、龙神、家神（三脚、中柱、房头）和祖先是他们主要的崇拜对象。要是你去普米族家庭做客，你会看到各家自成院落，家宅是纯木搭建而成的四方形或长方形房屋，称为木楞房。在正房中柱一侧有火塘，过去火塘周围设板铺，家人夜晚围火而眠，现在大部分家庭的火塘只作为做饭、烤火和祭祀、待客的地方。中间置铁三脚，三脚后上方是供奉祖先的神龛，三脚之间用一根铁链相连，任何人不许走过，你千万不要走错哦！

好日子

傈僳族

　　兰坪境内澜沧江的峡谷风光雄壮而沧桑，它的美不像德宏一带澜沧江风光的温柔。由于兰坪气候的干燥，碧罗雪山的巍峨，加之生态恶劣，诸多因素就赋予了繁衍在它胸怀的傈僳族人民的雄性与粗犷！傈僳族人民基本上生活在生态恶劣的山区，长期以来，他们练就了飞走大山大箐的本领，也养成了豁达乐观的性格，从来不向贫困与苦难低头。每当与傈僳族群众欢聚，高歌狂舞，大碗喝酒，就会忘记所有的不幸和忧愁，尘世的恩恩怨怨和庸俗就抛掷云外，幸福弥漫全身！

　　皑皑白雪的碧罗雪山，像一头不近人情的猛虎，横卧于怒江和澜沧江之间，致使怒江和澜沧江两岸的傈僳族人民处在很近又很远的两边。在怒江沿岸的傈僳族，是泸水市、福贡县、贡山县的傈僳族，在澜沧江沿岸的傈僳族是兰坪县的傈僳族。

由于大山雄峰阻隔、交通不便，两边的傈僳族虽然是同族，但长期以来交往困难，生产生活、风俗习惯、语言文化以及宗教信仰大致相似，却又有明显的区别。

假如你到了兰坪，不去看看澜沧江峡谷的风光，当然是一种遗憾；假如你到了澜沧江峡谷，又不去傈僳族同胞家坐坐，不领略一下这里的风土人情，更是一种遗憾。因为在傈僳族的迁徙中，兰坪是傈僳族传统文化的保留区。傈僳族发源于青藏高原北部，是怒江州唯一一个跨居中国、缅甸和泰国的少数民族。其先民早在8世纪以前便居住在四川雅砻江及四川与云南交界地的金沙江两岸广大地区。到了明代，当地的木氏土司与吐蕃的战争波及傈僳族，迫使该民族整体迁徙到澜沧江流域。清代，傈僳族备受欺压，又不得不向西迁徙到怒江流域。

傈僳族的族名系本民族的自称，傈僳之名最早见于唐代史籍，

傈僳族妇女

傈僳族舞蹈"嘎嘎其其登嘎啦"

称之为"栗粟",被认为是"乌蛮"的一个组成部分,与彝族、纳西族在族源上关系密切。到明代时仍将傈僳族作为"罗罗"(彝族)的一支看待。新中国成立后,根据傈僳族人民意愿,统一定名为傈僳族。

傈僳语属于汉藏语系藏缅语支系,有自己的文字,曾经使用中缅边境傈僳族基督教会使用的变体罗马字,也称"老傈僳文"。现在统一使用新中国成立以后由中国科学院专家以拉丁字母形式创制的"新傈僳文"。

兰坪的傈僳族人民是碧罗雪山的守护者,洁净的雪水是奔涌在他们身上的血,朵朵白云是他们日落而归的炊烟,他们是大山深处的精灵。7万多人口,集中分布在兔峨、营盘、石登、中排、河西5个乡镇,占全县总人口的34%,是在兰坪人口居第二位的民族。长期以来,他们与周围的白、汉、怒、彝、普

❶ 傈僳族男子
❷ 傈僳族少女

米等兄弟民族生活在一起，在同一块土地上繁衍生息。因此，他们的民居、服饰、饮食基本接近于白族那马人。

兰坪没有像怒江沿岸傈僳族民居"干栏式竹木建筑"一样的"千脚落地"竹楼，这里的竹篷很少，这里是一座山与一座山相连的翠绿松林。因此，他们就地取材，住房多为木楞房，四方形，四周用长圆木或方匹横架而成，屋面覆盖木板。现在，大多数农户跟上了时代的步伐，建成了土木结构的瓦房，或者砖木框架结构的楼房。

傈僳族盛行万物有灵的自然崇拜，信鬼神。在傈僳族的观念中，几乎一切自然现象都是他们信仰和崇拜的对象，整个世界都由不同的精灵主宰着。20世纪初，基督教传入德宏、怒江等地后，一部分傈僳族改信基督教。原碧江县的传教士曾经翻碧罗雪山到兰坪传教。然而，由于碧罗雪山的阻挡和各种原因，兰坪傈僳族信教为数不多。

傈僳族性格豪放，非常喜欢唱歌对调，素有"盐不吃不行，歌不唱不得"之说，在日常生活中往往以歌代言、以歌代答。《木刮》《优叶》《摆时》三大调是傈僳族传统民歌主要代表作品。其中"摆时"过去是傈僳族青年男女在野外谈情说爱的一种情调。它以多声部合唱的形式演唱，能产生一种非常协调的和声效果，具有震撼人心的艺术魅力。《摆时》多次在国家级文艺活动中，以多声部的形式演出，惊艳了国际国内艺术界。经国务院批准列入第一批国家级非物质文化遗产名录，是傈僳族文艺花园里芳香四溢的一朵奇葩。

丰富的傈僳族民歌为优秀的傈僳族民间文学整理和创作奠定了良好的基础。2000年12月21日，在昆明召开的第三届云南省文学艺术创作表彰大会上，施中林采录的兰坪傈僳族古民歌《追猎撵蜂调》，一举跻身文艺群雄中，

荣获三等奖。它标志着兰坪民间文学研究工作树立了一个可喜的里程碑。《追猎撵蜂调》系傈僳族"华划别赶补"的汉语直译，属傈僳族传统歌谣"木刮十二调"中的一个经典调。"木刮十二调"均为庄重、典雅、正宗的傈僳族传统古民歌。《追猎撵蜂调》秉承了傈僳族传统古民歌"七言四句"为一组的句子格式，使得演唱或朗诵时，可以依着固定的曲谱轮番填词高歌。傈僳族先民迁徙，成为云南省跨国而居的少数民族之一。兰坪属澜沧江流域地区，作为傈僳族向怒江和邻国迁徙的第一站，民族民间歌谣的沉积量也就自然特别原始和丰厚，傈僳族古民歌有力地佐证了兰坪历史上傈僳族先民们曾经有过的文化辉煌。

彝　族

在兰坪人的印象中，彝族人很聪明。在街上，三五成群在卖药材，或者什么山珍的，一般是彝族人，而且是彝族妇女。她们能说会道，让你买了她的山货，心里既满意高兴，又安心踏实。因为你觉得她们从山中来，那朴实憨厚的笑容里，不会藏有奸诈和假冒伪劣。

彝族人容易引人注目，是因为服饰独特鲜明。特别是女

❶ 傈僳族乐器——期奔
❷ 金满村傈僳族唱《摆时》

孩,走在街上,或者在某个公共场合上,人们一眼就能看到。未婚女孩梳独辫,头帕用黑方巾缝制成撮箕状,倒叩在头上,上系红色毛线;要是已婚女性,改梳双辫,头帕改为方形黑面双层镶边绣花帕;要是已育妇女,那改戴夹层荷叶形八角黑布罗锅帽,上身穿对襟大袖衣,或者大襟左小袖衣、对襟领裯,下着百褶裙,裙由各种色布镶嵌编排而成。美丽的装束,悠然的姿态,闲情的目光,展示着大山的胸怀与亮丽,让人心生几分妒忌。

彝族是中国人口数居第六位的少数民族,主要分布在滇、川、黔、桂四省(区)的高原与沿海丘陵之间,分布广,人口多。兰坪的彝族迁徙到兰坪的年限不是很久远,他们来自大小凉山,最早迁入时间为清光绪年间。元、明、清时称为"罗罗",有多种他称,自称"诺苏",彝族的语言属于汉藏语系藏缅语族彝语支,兰坪彝语属北部方言的圣乍土语。兰坪彝族分布在通甸、金顶、啦井等地海拔2500米以上的山区,人口不足1万人,只占全县总人口的3.82%。在兰坪,彝族算是人口较少的少数民族。

朋友聚会,欢度双休,去啦井的富和山、河西的雪门坎、

❶ 彝族少女

❷ 彝族民居

大羊场的户外郊游,就能品尝到彝族美食。彝族风味全羊汤、苦荞饭、燕麦粑粑蘸蜂蜜、火烧洋芋等,营养可口。在火塘边,加上纯美青稞酒,且歌且饮,欢声笑语,那才是人间天堂。

兰坪彝族勤劳聪敏,普遍会讲汉语,部分人会讲邻近的白语、普米语、傈僳语。在兰坪金顶白族"二月会"、罗古箐"情人节"上,他们表演的唢呐、琵琶、口弦,以及民族特色浓郁的歌舞深受观众喜爱,不时获得阵阵掌声。

彝族宗教尚属于原始宗教,崇拜祖先的神灵及其他的自

然神灵。他们认为万物有灵，自然界中神灵无时不在、无处不在。因此，他们热爱大自然，注重生态保护。富和山的原始森林、杜鹃花簇，大羊场的草甸，美丽而神奇，让人流连忘返，给人留下难忘的印象。

怒 族

说起怒族，无人不知她是 56 个民族的一员，主要分布在怒江沿岸。但提到"若柔"，可能有些人就不熟悉了，她是怒族的一个支系，主要居住在澜沧江干热河谷地区的兰坪兔峨乡。

兔峨乡是兰坪县的南大门。如果你从南大门进入兰坪县

❶ 牧归
❷ 道喜

怒族婚俗"上菜舞"

境内，便会被澜沧江峡谷风光所吸引。兔峨乡是兰坪海拔最低区域，气候炎热，澜沧江上飘来的习习江风，哪怕是寒冬也透着几分温柔。街上或者公路边，摆着亚热带的水果和农产品，你要是买点东西，跟他们交流后就会发现，他们会讲多种语言。汉语、白族语、傈僳语、怒语等，让你感到惊奇。要是你注意听，他们都一边卖一边哼着美妙的歌，一种幸福在你心底油然而生。这是若柔人的名歌《阿楼西杯》，是吉祥幸福的意思，是怒江州非物质文化遗产。

怒族人口虽然不多，但怒江州的泸水、福贡、贡山、兰坪四个县市都有怒族。四县市怒族有不同文化渊源和语言相异的支系，分别使用四种不同的语言，由北向南，根据其语言的差异，可分为"阿龙""怒苏""阿侬""若柔"四个支系。兰坪怒族自称"若柔"，怒族语意为"麦人"，他称"农蒿"（白语）、"农波"（那马语）、"怒扒"（傈僳语），过去又称"兰坪怒"或"兔峨怒族"，语言属汉藏语系藏缅语族彝语支。人们世世代代用口

语传承本民族的历史文化，进行人际交往，交流思想感情。历史上沿袭古代"结绳记数""刻木记事"的原始方法来记录和传递信息。现在与邻近民族的交往中，很多人兼通好几种其他民族的语言。没有本民族文字，通行汉文。

若柔的构成来自不同的时期和地点，史载来自唐朝的"庐鹿蛮"部和"顺蛮"部的成员。据《元史·地理志》载，"庐鹿蛮"早在唐朝时期已在县境内居住。又据学者考证，兰坪怒族属于古代浪宋人，即阿昌族先民浪峨人中的一支。唐代浪峨人一度涌入大理洱海区域，建立三浪诏，后来被南诏击败后兼并，他们中的一部分人由洱海西迁入云龙至兔峨沿江一带，尔后形成"浪宋十二寨"。他们居住在兔峨乡的兔峨、碧鸡岚、峨皮江、果力、小村、江末等村，大多与傈僳族交错杂居或小块聚居。若柔只有3000多人，占全县总人口的1.55%。

① 兰坪县兔峨乡怒族村江末小组
② 怒族姐妹

若柔的宗教信仰主要是以万物有灵为核心的自然崇拜，凡日月星辰、山川木石、风雨雷电，都是怒族崇拜的对象。山神是主宰一方的至高无上的神，每年正月初三、初四，或清明前后，要举行祭山神活动，祈求风调雨顺、安居乐业！

古老的年节民俗

在兰坪多民族聚居的和谐家园里，千百年的历史绘就出一幅幅绚丽多彩的民俗画卷。各民族异彩纷呈的年节民俗，便是画卷中最引人注目的画作，它们与兰坪各民族源远流长的历史一脉相承，是兰坪各民族一份宝贵的精神文化遗产。

普米族"吾昔节"

"吾"意为年，"昔"意为新，"吾昔"即新年，是兰坪普米族同胞最隆重的传统节日。

普米族过"吾昔节"，选腊月初六或初七的一天为除夕，腊月初八为岁首，节期一般从三天至半月。节前，人们便忙着做各种准备：碾米、磨面、舂粑粑、煮酒、杀猪、宰羊、清洗衣物、沐浴，择吉日打扫室内外卫生，修整火塘、神台及宗巴拉神，家家户户洁净明亮，焕然一新。

除夕当天，各家各户在门前、神台及屋顶插上青松枝，寓意四季常青，兴旺发达。吃年饭前，先燃放鞭炮，吹响牛角号，举行祭三脚仪式，祈求家神和祖先庇护来年五谷丰登、吉祥如意。节日当天凌晨，当公鸡啼鸣、牛角号响之后，举行拜龙塘仪式，祈求风调雨顺，青年男女争先到溪流中舀水，以最先取得净水为吉。天亮后，家家户户在院中铺上松毛，院中央竖一棵挺直的青松，一家人

白族"二月会"
开幕式"霸王鞭"

工作、结婚、生病、死亡等每一个阶段都在本主的护佑下，将本主视为护国佑民、降福赐吉、除病去灾及保风调雨顺、富贵吉祥的一方神圣。

　　过去的"二月会"是白族人祭祀本主及诸神的庙会活动，体现了白族人民对真善美的崇尚与追求，起到了延续传统、传承信仰、凝聚民心及教化民众的作用。在过去的很长一段时间里，因历史原因，白族"二月会"曾一度淡出人们的生活，在岁月的长河里悄然无声。随着时间的推移和时代的进步，传演千年的白族"二月会"重新恢复，并以更加崭新的面貌呈现在世人面前。

　　20世纪90年代末，金顶镇以挖掘民族文化资源和推动地方发展为目的，决定恢复一年一度的白族"二月会"活动。1999年，金顶镇成立了"二月会"筹备组，邀请县里的宣传、文化部门指导协助工作。经过连续多年的努力，逐步将白族"二月会"办成了弘扬民族文化、推动区域发展的民族节日文化品牌，形成了集庙会活动、文艺展演和商贸交流于一体的节日盛会。

从2005年开始,白族"二月会"改由兰坪县人民政府主办,金顶镇人民政府承办。2006年,新修订颁布的《兰坪白族普米族自治县自治条例》将"二月会"列为法定节日,届时全县放假三天,全民共庆。规格的提升,让白族"二月会"的规模日益扩大,且文化内涵也越来越丰富。在每年的"二月会"期间,都举行阅庙仪式、舞龙耍狮,开展民族舞蹈、青年歌手、传统白族调、汉族山歌及广场舞大赛、老年门球比赛等。同时还要进行商品展销和农特产品交流活动,来自周边县市的文艺队和艺人也纷纷前来参加歌舞比赛和演出。兰坪白族"二月会"以其神秘而博大的民族风情,奉献给人们一场春天的文化盛宴,成为滇西北地区具有一定影响的县级文化盛会。

"清风舞蹁跹,放歌迎盛会",每当春暖花开时节,兰坪白族"二月会"便如期而至。节日里,兰坪县城和金顶镇张灯结彩,人们从四面八方涌来,街道上人头攒动,摩肩接踵,广场中人声鼎沸,欢声雷动。肃穆的阅庙仪式,精彩的龙狮表演,甜美的民间山歌,美妙的民族舞蹈,诙谐幽默的白族相声小品,独具特色的民族乐器演奏,展现了兰坪绚丽多姿的民族风情和历史文化,表达了各族人民内心的喜悦和祝福。一年一度的二月盛会,让兰坪各族群众饱享了民族文化的精神大餐。

兰坪白族的"二月会",让多民族灿烂文化在春天里尽情绽放,散发出光彩夺目的无限魅力,成了兰坪又一张亮丽的民族文化名片。那些慕名而来的外地游客,带着好奇之心来到兰坪,恰逢白族"二月会",他们便赶上了一场春天的民族文化盛宴,采撷到令人惊喜的民族民间文艺瑰宝。撩开了这片土地神秘的面纱,探寻到兰坪民族文化的精魂后,他们如沐春风,流连忘返,盼望着另一个春天与兰坪白族"二月会"的又一次相逢。

兰坪的迷人滋味

丰饶的山珍野味，绝妙的民间美食，诱人的美酒佳酿，让兰坪的一年四季变得多滋多味。走进兰坪，就走入了一座无限丰华的秘境家园，走进了美食荟萃、美酒飘香的大千世界，在品尝到兰坪美食佳酿的同时，也品尝到兰坪沉甸甸的历史与浓郁的民族文化。

奇山与秀水，孕育了兰坪神秘独特的丰饶特产，悠悠岁月，雕琢出兰坪美味可口的特色美食；千年沉淀，酝酿出兰坪各民族芳香四溢的美酒。走进兰坪，就走入了一座无限丰华的秘境家园，走进了美食荟萃、美酒飘香的大千世界。在兰坪的山水间品尝舌尖的愉悦，聆听味蕾的倾诉，将触摸到兰坪历史的血脉，感受到兰坪大地的精魂，追寻到兰坪文化的烙印。

神奇的山水，独特的气候，让兰坪成为山珍野菜生长的乐园。入春后，冰雪融化，雨水浸透土地，春风染绿山林，各种野菜也在兰坪纷纷登场。最先登场的是龙爪菜。龙爪菜又名蕨菜，因其嫩芽外形蜷曲酷似龙爪而得名，被誉为"山菜之王"。兰坪的龙爪菜生长于远离污染的山野，是真正的纯野生山珍，又因为它是过去饥荒年代山民们的救命菜，深得兰坪人的珍视与喜爱。兰坪人吃龙爪菜的方式多种多样，有的鲜炒，有的凉拌，有的晒干后与腊肉烧煮。无论哪种食法，都不失其清新浓郁的香味。

❶ 兰坪竹叶菜
❷ 干龙爪菜
❸ 羊肚菌

进入夏季，高山竹叶菜便在兰坪隆重登场。竹叶菜学名鹿药草，生长于碧罗雪山和雪邦山3000米雪线以上，是一种无任何污染的纯天然野菜。竹叶菜营养丰富，味道鲜美，吃起来苦中带甜，爽滑嫩脆，深受人们喜爱。兰坪人将竹叶菜素炒，拿竹叶菜煮汤，或与猪肉混炒，还可做火锅烫菜，吃法五花八门。有些家庭主妇还将买来的竹叶菜贮藏于冰柜里，作为馈赠亲友的山珍佳品，又可一年四季享受到竹叶菜的鲜美滋味。

龙爪菜、竹叶菜，仅仅是兰坪野菜王国中的冰山一角。在整个春夏时节，梅兰菜、灰条菜、车前草、蒲公英、野薄荷、侧耳根、野韭菜、青刺尖、宝金刚嫩尖等山中野菜，源源不断地丰富着兰坪人的餐桌，冲击着兰坪人的味蕾。野菜是大自然馈赠给兰坪的原生态绿色食品，这些野菜都富含蛋白质、维生素、矿物质和碳水化石物，植物纤维十分丰富，兼有防病健体的功能，清淡又养生，味美而健康。

夏季是生机勃勃的盛开季节，野生菌，便是盛开在兰坪山林旷野中的奇葩。兰坪森林茂密，雨水充足，为野生食用菌的生长提供了舒适的温床。每到采菌季节，白族、普米族、彝族群众就结伴进山，既享受到采撷菌子的乐趣，又增加了一定的经济收入。尽管上山采野生菌的人多，但由于资源丰富，几乎每次都能满载而归。位于老君山怀抱里的通甸镇，每年的野生菌产量达40吨左右，使群众可增收200万元以上，野生菌销售成为山区农民脱贫致富的新门路。

兰坪野生菌种类丰富，品质优良，独具特色，有一窝菌、鸡㙡、松茸、牛肝菌、羊肚菌、见手青、奶浆菌、青头菌、金木耳、山菇等等，其中最著名的有鸡㙡、松茸和羊肚菌。鸡㙡肥硕壮实，肉质鲜美，兼有脆、香、甜等风味特色，可与鸡肉相媲美；松茸色泽鲜明，质地细密，香气扑鼻，是珍稀名贵的食用菌，被誉为"菌中之王"，畅销海

① 兰坪一窝菌
② 谷熟菌

内外；羊肚菌营养丰富，肉质脆嫩，味道鲜美，既是宴席中的上等珍品，又是久负盛名的食补良品。在滇西北的兰坪，野生菌的食用历史由来已久，加工方法也五花八门，菌炒青椒、菌炒火腿肉、杂菌凉拌、鲜菌滚汤、菌子油等等。兰坪野生菌加工简便，佐料简单，但那些鲜美的味道总会让人回味无穷。

野生菌上市的季节，是兰坪人大开眼界、大饱口福的时候。走进热闹非凡的菜市场，在眼花缭乱的野生菌世界里，挑选自己最喜欢最满意的菌子，回到家里亲自下厨，做几道鲜美的野生菌菜肴，邀三五个亲友共同品尝，那真是一种神仙般的奇妙感受。城里众多的餐馆饭店，在吃菌时节也纷纷推出各式各样的兰坪野生菌美食，引来络绎不绝的食客。外地游客在品尝兰坪野生菌的滋味时，味蕾神经常常会被撩拨得异常兴奋，以至流连忘返，依依不舍，心中永远留下了一份舌尖上的美味记忆。

秋天来了，层林尽染，兰坪的村村寨寨充满喜庆，人们的脸上漾起了收获的喜悦。丰足的收成，多样的食材，给山里人带来了又一次的美食狂欢。彝族村寨的苦荞粑粑、燕麦炒面、阿诗洋芋，白族、普米族地区的五谷杂粮、优质芸豆，傈僳族、怒族居住地的糯苞谷、红米、核桃、辣椒、漆蜡等等，组成了兰坪秋天里特产齐聚的多姿画卷，丰盈着兰坪人的美食体验，增添了兰坪的迷人滋味。

苦荞粑粑蘸蜂蜜，是兰坪一道经久不衰的美食。经水磨磨制成的苦荞面，雪白精细，可

❶ 猪脚干巴菜
❷ 吹肝

蒸可煮，可烧可烤，食用时蘸点蜂蜜，先苦后甜，回味无穷。苦荞的保健功能和药用价值极高，被称为"长寿食品"，苦荞粑粑蘸蜂蜜，有原始而甜蜜的味道，深受兰坪各族群众青睐。

兰坪山高坡陡，很多地方只适合种苞谷，于是又衍生出了另一道著名美食：苞谷糁稀饭。兰坪的傈僳族、怒族将晾干的苞谷放到碓里舂成细颗粒，筛拣其中较大的苞谷糁煮稀饭。苞谷糁稀饭一般用柴火或熟炭焖煮，可添加猪脚、腊肉、排骨、豆类等。在过去很长的时间里，苞谷曾是兰坪大多数人家的主粮，这让苞谷糁稀饭这道有着历史沧桑感的美食风靡兰坪。又因为吃苞谷糁稀饭饱得快、不渴水，味道独特，让不少外地人也对其情有独钟。县城人民东路的一家饭店，专门经营苞谷糁稀饭，几年来一直人头攒动，生意兴隆。

入冬后的兰坪，少了春夏的葱茏，却依然彰显出浓郁的生活气息，处处充满着舌尖的诱惑，"杀猪饭"就是这个季节里最有滋有味的荤食大餐。冬至过后，气温下降，兰坪人就开始陆续宰杀年猪。每到此时，到各村走一走，总会看到以吃"杀猪饭"为主色的山村风景画，品尝到有滋有味的"杀猪饭"。兰坪人好客，宰杀年猪时都会邀请亲朋好友和邻里欢聚一堂，共享美味，共同庆贺一年的劳动成果。烧烤、瘦肉炒酸菜、炒猪肝、红烧五花肉、清炖排骨、苦荞肠等都是"杀猪饭"的特色美食，样样鲜味十足，劲道可口。兰坪的"杀猪饭"在热闹喜庆的气氛中，吃出了乡村氛围，吃出了邻里和谐，是一幅古朴而充满乡情的风俗画。

"杀猪饭"喜气热烈的气氛刚刚散去，乡村农家又纷纷忙碌起来。兰坪的白族、彝族承袭腌腊风干的传统，将年猪的头、四肢、肥肉等用盐、酒腌制数日后挂于火塘上方，还可用瘦肉灌制香肠。傈僳族和江边白族那马人、汉族人在忙着腌制年猪肉的同时，还要用猪血和大肠做成糯米血肠和豆腐肠。居住在兰坪的普米族和怒族，还有制作琵琶肉的习俗。他们将宰杀的猪去掉内脏，剔除骨头，撒入食盐、草果面、花椒面，喷上高浓度白酒，将猪肉缝合，

再通风晾干,因外形酷似乐器琵琶,故名"琵琶肉",又称"猪膘肉"。琵琶肉看似肥腻,吃起来却滑润爽口。兰坪农家的年猪都是用玉米和薯类饲养,又秉承了传统的腌腊方法,食之满口溢香,韵味悠长,让兰坪各民族一年四季的生活变得格外殷实又多滋多味。

秋冬季节,也是兰坪人娶亲嫁女、宴请宾客的大好日子。从这个季节开始,"八大碗"美食就以其丰富而独特的韵味,伴随着兰坪人的生活,充盈着兰坪人的味蕾。在兰坪的大小村寨中,每当要举办新婚喜筵的时候,都会在自家院子里搭起棚子,垒起灶台,请来乡厨,男女老少一起帮忙制作"八大碗"。"八大碗"源于白族古老传统的宴席习俗,一般8人一桌,每桌8个菜,菜品包括红炖肉、酥肉、千张肉、粉蒸肉、圆子、鸡鱼肉、五香拼盘及时鲜素菜,荤素搭配合理,色香味俱全,十分爽口。随着民族交融的日益加深和社会的发展进步,白族"八大碗"已成为兰坪各民族宴席上的招牌菜肴,且菜品花

八大碗宴席

❶ 白芸豆
❷ 通甸木瓜瘦肉酸汤
❸ 兰坪漆油

样也不断出新。在如今的兰坪"八大碗"中，除了传统菜外，还可以品尝到火腿煮白芸豆、木瓜瘦肉酸汤、羊肚菌炖鸡、凉拌树花菜等特色鲜明的美味佳肴。在欢声笑语和觥筹交错中，细细品味着兰坪"八大碗"，不仅有舌尖的享受，还可以咀嚼到历史的味道、故乡的味道。

"漆油鸡"是兰坪另一道乡土味十足的传统美食，不但风靡兰坪，还名噪滇西。漆油鸡，顾名思义，就是用漆油（漆蜡）先炒后煮的火锅鸡。"漆油鸡"是澜沧江峡谷地区各民族招待贵宾和侍候坐月子妇女的传统美食，后来逐渐成为人见人爱的特色美餐，也成了城中食府的主打菜肴。漆油鸡的加工方法简便，将土鸡宰杀洗净，切块后加入盐和烧酒腌几分钟，把固体漆油投入铁锅中加热至冒烟后，将鸡块倒入锅里焖炒，至水气全干、鸡肉金黄时加入适量的草果和水，再用火煮上个把小时就可以食用。吃"漆油鸡"时，先喝鸡汤，再吃鸡肉，味道醇美、满口溢香，令人回味无穷。肉吃够了，就可以在锅里下青菜白菜、野菜和野生菌等，再来一两碗香喷喷的洋芋红米锣锅饭。"漆油鸡"香味浓郁，口感特别，滋补身体，是兰坪人打牙祭和招待客人的首选美食。"漆油鸡"传承了兰坪各民族饮食文化的精华，原汁原味原生态，是遗世独立的美味。

加工和食用"漆油鸡"时，若选用兰坪特产的绒毛鸡，那么，这一场佳宴更会锦上添花。兰坪绒毛鸡因全身羽毛呈绒状而得名，原产自普米族山区，后来全县各地均有饲养，已被列入《国家级畜禽遗传资源保护名录》。兰坪绒毛鸡多为野外放养，以自产杂粮和菜蔬为饲料，其肉质细嫩，味道纯正，氨基酸含量高于其他土鸡，是兰坪人招待宾客和相互馈赠的珍品。绒毛鸡的加入，使兰坪"漆油鸡"特色美食飘香百里、名扬四方。

沘江水映雪邦山

在兰坪琳琅满目的特产风味中，乌骨羊肉更是独占鳌头，堪称稀世珍宝。乌骨羊主要分布在通甸镇的高海拔地区，当地又称其为"黑骨羊"。乌骨羊是迄今为止人类发现的唯一在体内含有大量黑色素的哺乳动物，宰杀后其皮、肉、骨头和内脏均为暗褐色，做成的羊肉汤呈黑色。乌骨羊肉肉质细腻、香味浓郁，有祛风除湿、活血化瘀、抗衰老、抗肿瘤和益气补肾等功效，2009年，兰坪乌骨羊被列入《国家级畜禽遗传资源保护名录》和《中国珍稀动物品种名录》。因乌骨羊数量极少，价格昂贵，过去只有极少数的兰坪人可以吃到乌骨羊肉。最近几年，兰坪成立了乌骨羊原种保护场和繁殖点，乌骨羊养殖户和饲养总量逐年增加。现在，在兰坪吃一顿鲜美的乌骨全羊汤，不再是奢望和梦想，外乡人也可以品尝到兰坪乌骨全羊汤的滋味。

奇异的自然山水孕育了兰坪令人眼花缭乱的特产山珍，厚重的历史人文积淀出兰坪超群绝伦的传统美食。但倘若你来到兰坪的山水间，只欣赏到兰坪的美食，而没有品尝过兰坪的美酒，那么你绝对会在人生的旅途中留下深深的遗憾。

好山好水必出好酒。兰坪青山连绵，群峰叠嶂，老君山、雪邦山、富和山、玉屏山、拉沙山、老窝山等高山上流下来的泉水甘美清冽，白族、普米族、彝族、傈僳族和怒族聚居区盛产的苞谷、大麦、青稞、苦荞等杂粮品质优良，最适宜酿制最醇最美的酒。兰坪各民族酿酒历史较长，各民族都有自己独特的酿酒工艺，所酿的酒品也风格各异，滋味不同。啜饮兰坪各民族美酒，酒香绵绵不绝、沁人心脾。

普米族祖祖辈辈爱酒酿酒，尤其喜欢酿制黄酒。黄酒俗称"苏里玛"酒，普米语称"批"，主要原料是青稞和大麦，采用祖传方法酿制。黄酒制作工艺独特，选料用曲精细，酒精浓度低，酒液呈金黄色，甘甜、醇正，香味悠长。黄酒营养丰富，香甜可口。不管是在辛苦的劳作之后，还是在疲劳的旅途奔波之中，只要喝上几碗，就能使人神清气爽，激情飞扬。在普米山寨，每当黄酒飘香的时候，四方八寨的亲友们就会欢聚一堂，边品尝黄酒，边唱歌跳舞，常常从黄昏热闹到深夜。每当有客人到来，普米族人做的第一件事，就是给客人敬上几碗自家做的黄酒。

青山绿水出佳酿，兰坪处处是酒乡。素有"盐乡"之称的啦井，有较长的酿酒历史，产自这里的"马道子"酒等品牌白酒在滇西各地声名远播。1958年建成的啦井酒厂，是20世纪怒江州规模最大的酒厂，该厂生产的"马道子"系列白酒品质纯正、酒味醇美，有兰坪"小茅台"之称，产品长期供不应求。现在，青山秀水环绕着的啦井已有数家规模较大的酒厂，先后开发出"兰坪醇""兰坪玉液""古道酒""五味红""盐井古酒"等白酒和酒类饮品，产品畅销省内外。曾经的盐马古镇，处处飘荡着酒香，处处闪耀着盐酒文化的辉煌。

雪邦山下，沘江河畔的金顶白族人，数百年来用雪山清泉酿制出一坛坛香甜可口的大麦酒、苦荞酒和青稞酒，一代又一代人年复一年地用酒品味着生活的酸甜苦辣。在新世纪曙光中诞生的金利酒业，传承白族酿酒工艺，运用先进生产技术，用清冽的雪邦山泉水和大麦、苦荞等纯粮，酿造出"三江荞酒"等品牌白酒。金利酒业生产的"三江荞酒"口感甘醇，绵甜净爽，回味悠长，产品远销省

松露

内各地和广西、湖北等地。在"2017中国·兰坪雪邦山之恋"音乐节中,上演了千人同喝"三江荞酒"的壮观场面,劲歌辣舞与美酒佳酿的完美结合,让人们沉浸在欢乐与激情的海洋里。

在兰坪,还有另一种可吃可喝的酒醅也叫白酒,在默默地滋养着大山的子民。山民们将玉米、青稞、大麦和大米去壳,经过浸泡、蒸熟、冷却后加入酒曲,在竹箩内保温发酵至酒味香浓,再装入坛罐内封存。这种白酒刚酿时香甜可口,一段时间后甜辣兼备,春夏秋冬都可以食用。澜沧江沿岸的傈僳族、怒族和汉族在白酒中加水后用手挤捏,饮用过滤出的酒汁,并称之为"捏酒",金顶、通甸、啦井的白族人则直接食用或兑水饮用。兰坪固态白酒葡萄糖含量高,营养损失小,可以祛除疲劳,生津止渴,提神振气,是老少皆宜的佳饮。兰坪各民族都有妇女坐月子时食用白酒的历史传统,将白酒作为妇女坐月子的必备食品。由白酒衍生出来的白酒炒鸡肉、白酒炒蛋、白酒煮乳饼等民间菜肴更是风味浓郁、档次极高的滋补美食。

丰饶的山珍野味、绝妙的民间美食、诱人的美酒佳酿,使兰坪变得多滋多味,也吸引了众多的游人和食客。那些慕名前来的人们,在品尝兰坪美食的同时,也品尝到兰坪的美酒,品尝到兰坪沉甸甸的历史文化。每一位走进兰坪的人,不但沉醉于有滋有味的兰坪,还将会深深地爱上多姿多彩的兰坪。

歌舞相伴的婚礼

> 兰坪各民族的婚礼习俗源远流长,风格各异,但都是在歌舞的陪伴下进行的。普米族能歌善舞,传承了古朴而繁杂的婚俗,整个婚礼始终在一套完整而热烈的歌舞中进行。普米族的婚礼,就是一场洋溢着欢乐祥和气氛的歌舞盛典。

在兰坪各民族和谐共存的生活长廊中,有绚丽多姿的风土人情,有斑斓多彩的文化底蕴。各民族源远流长、歌舞相伴的婚礼习俗,是一幅五彩纷呈的风俗画卷,充满着浓郁的文化韵味,散发出鲜活的泥土芳香。

"没有人的婚配哟,哪有宇宙的长存;没有人的繁衍哟,哪有今天的后代。"傈僳族人唱起这些古老的歌谣,把祝福送给远嫁他乡的新人,《嫁娶调》《送娘调》《母爱调》的歌声回荡在峡谷高山之中。彝族男人欢聚在火塘边畅饮喜酒时,女人们唱起了《离娘调》,歌声古朴悠扬,一咏三叹,情意绵绵。在怒族村寨的婚宴上,"上菜舞"风趣幽默,《婚礼歌》震撼人心,琵琶调热烈欢快。白族青年男女结婚时,老人们唱着古老的"开益",年轻人有的对唱山歌,有的跳起锅庄舞,连续几天载歌载舞,通宵达旦。

从北方草原辗转迁徙到兰坪的普米族能歌善舞,传承了古朴而繁杂的婚俗,整个婚礼始终在一套完整而热烈的歌舞中进行。普米族的婚礼,是一场洋溢着欢乐祥和气氛的歌舞盛典。

婚礼前一天,男女双方家里都搭好棚子,用青松、翠竹和绿枝

普米族舞蹈《鸡吃水》

装饰出喜门。男方家宰猪杀羊，备好彩礼和车马，请好接亲的吹鼓手、礼炮手和唱郎（民间歌手）等；女方家的亲戚邻居纷纷前来为新娘祝贺和送行，他们在喜棚里唱着古老的歌，跳起欢快的锅庄舞，常常要狂欢到深夜。而在木楞房里，跳跃的火光映红了新娘的脸庞，一曲《哭嫁歌》让她和在场的儿时姐妹们泪水涟涟。

今晚，木楞房里来了许多亲人，
火塘没有熄灭，姐妹们把我端详。
昔日的友情，就要被公鸡啼走，
但愿今晚不要天明，让我们把交情唱完。
…………

难以割舍的骨肉亲情，如泣如诉的彻夜吟唱，磨灭不了新娘对崭新生活的向往和喜悦。天亮了，新娘抹去泪痕，面对东

骨肉情深

方开始梳妆。此时,婉转动听的《梳妆调》开始唱响,亲友们纷纷把布料、珍珠、钱币等礼物送给新娘,祝福新娘幸福吉祥、万事如意。

迎着旭日,穿过山冈,接亲队伍敲起锣鼓,吹起唢呐,来到了新娘的家门前。男女双方请来的歌手,一里一外唱起了《认亲调》。

女方唱道:

江水冒出的时候,
菩萨出世的时候,
普米人就有这样的规矩,
什么事情都要问个明白。
你们翻山越岭来这里有什么事?
你们骑马跨骡到我家为了什么?

男方答唱:

喜鹊在树上放声歌唱,
早已把喜讯带到了舅舅家。
美丽的小鸟已羽翅丰满,
我们来接舅舅家的姑娘去当家。

新娘梳妆

祖传的规矩我们学得不够，
礼节不周的地方敬请舅舅们原谅
…………

唱完《认亲调》后，接亲的人们进入喜棚，但这时女方却紧关大门，在门外放两碗辣椒汤，把男方的歌手和媒人拦在门外，开始对唱《开门调》。女方的歌手在屋里用唱的形式提出种种问题，男方的歌手站在大门外用歌声一一回答。如果女方对男方的唱答满意，就打开大门让他们进去；如果不满意，就一直关紧大门，直到媒人和歌手反复请求，说尽好话，喝了两碗辣椒汤，才让他们进来。

接亲队伍行过进门礼后，开始举行拜喜神礼、拜父母礼，再祭祀三脚和中柱。迎亲礼结束，女方开始摆出黄酒和干果等招待男方。这时，女方的一位长者说："请给果品赐个名！"男方歌手就开始站起来唱《果碟调》：

圆圆的向日葵啊，
像一团蜂饼，
它开着金花，
向着太阳微笑。
核桃穿着青色的长袍，
里面还有铁制的盔甲，
脱下那盔甲啊，
露出四个威武的金刚。
…………

世代相传的唱腔、随机应变的歌词，把桌上摆放的果品唱了个遍。招待完宾客，新娘就要随接亲送亲的人们到另一个新家。临上马前，送亲的人把新郎新娘围在中间，给他们敬上一

杯上马酒,《上马调》的歌声随即响起:

敬上一杯酒,新娘莫回头,
盘里托珍珠,酒中喜气流。
新娘请上马,银镜挂马头,
喝碗苏里玛,盼个好兆头。

在亲人们的簇拥下,披红戴绿的新娘骑上高头大马,前往新郎家。一路上锣鼓声、唢呐声和歌声连绵不绝,在山岭间久久飘荡。

时间在欢歌笑语中很快流逝,不知不觉中,新郎新娘和接亲送亲的人马到了。村里的小伙子们向新娘敬上迎亲酒,齐声唱起了《下马调》:

敬上一杯酒,新娘请抬头,
盘里有福气,喜气装满楼。
新娘请下马,喝下甜蜜酒,
阿哥在家望,盼你到屋头。

这时,男方家会派出一位长者充当迎亲大人,站在门外铺好的羊毛红漆毡前,手持哈达,与送亲的人一一对跳"仆瓦磋"舞。宾主双方沿着羊毛毡的四角边转动对跳,相互作揖,舞毕后依次进入院内。新娘到了新的家后,接亲的姐妹牵着新娘的手,把新娘带到等候已久的婆婆身边,两双手紧紧地握在了一起。婆婆把新媳妇领到火塘上坐下,将一碗热气腾腾的荷包鸡蛋汤送到新娘手里。这时候,面对满院的亲友和宾客,新娘的哥哥唱起了《送客调》:

笼中的小鸟哟,
已经飞出去了。

① 迎亲队伍
② 新郎饮"下马杯"

我亲爱的妹妹,
今天已经出嫁了。
翻过一山又一山,
妹妹送到阿舅家。
在这高兴的时刻,
我讲几句心里话。
小鸟翅膀没长硬,
我的妹妹刚长大。
小鸟远飞离了窝,
哥哥我怎么不挂念。
望舅舅耐心教育她,
盼舅母细心指点她。
让她学会勤劳动,
让她学会做好人。

歌声里充满了对新娘的疼爱与期待,也充满了对新郎新娘美满婚姻的祝福。喜宴开始了,参加婚礼的所有人喝着苏里玛,吃着琵琶肉,齐声高唱《聚会调》:

看天今年的日子最好,
看年这个月的日子最好。
看月今天的日子最好,
看日每个时辰都是好。
…………

夕阳西下,夜幕降临后,婚礼进入了另一个高潮。人们围着篝火,手拉着手,在四弦琴的伴奏下尽情舞蹈,一曲曲《普米酒歌》《锅庄歌》《聚会调》从木楞房里、从喜棚中传出,划破寂静的夜空,在古老的山寨里久久回荡。

接新娘

飞歌大地　炫舞人间

山河故园，如诗如画；仙乐飘飘，天籁万世。飞歌大地，世代吟唱；炫舞人间，遍野奇葩。

兰坪不仅是一个资源的王国，也是一个歌舞的世界。在悠久的社会发展过程中，在美丽的青山绿水间，各族人民世代杂居共融，和睦相处，共同发展进步，不仅谱写了兰坪悠久而辉煌的历史，而且创造了兰坪绚丽多彩的文化艺术。各族人民共同创造的精神文化，种类繁多，内容丰富，形式多样，风格各异。特别是兰坪的原生态歌舞，源于纯正的少数民族生活，弥漫着自然、原始、清新的味道，令人耳目一新，难以忘怀。

兰坪恰似"歌的山林、舞的海洋"，这里的每一个山头，都会有天籁般的山歌飘荡；这里的每一个村庄，都会有激情的舞步踢踏。如果你只看到兰坪的青山绿水，只看到兰坪日益发展的现代风貌，而看不到兰坪的歌山舞海，看不到隐藏在日常生活背后的民族文化，就不算真正的亲近过这片土地，就不算真正地了解这片土地。山川地貌只是自然的造化，改天换地也只是物质的堆积，深邃浩瀚的人文情怀才是民族的强盛根基和浓情血脉。

歌舞是民族之魂，它携带着纯正的民族文化基因，从原始的丛林跨越时空的隧道，一路从远古走来。兰坪民族歌舞经世流传，历

久弥新。原始古朴，种类繁多，形式多样，内容广泛，色彩斑斓。既有自娱性、交际性，融文娱体育为一体的舞蹈，又还有自然崇拜、英雄崇拜、祖先崇拜、神灵崇拜的祭祀舞和丧葬舞。可以说，凡是人群汇聚的地方，无论是在山野，还是村落；无论是在喜庆的场合，还是在悲苦的境况，都能成为歌的海洋、舞的世界。

民间歌谣

兰坪的民间歌谣种类繁多，表现手法上大多注重排比、对仗、对称，讲究押韵和声调的和谐统一，注意借字谐音。创世史诗有傈僳族和普米族的《创世纪》，彝族的《勒俄特依》；英雄史诗分别有普米族的《金锦祖》《人是怎样发现的》《巴扎贤赞》，白族的《白子王》等；习俗歌中，最丰富的是婚礼歌和丧葬歌。婚礼歌主要有普米族的《嫁女调》《开门调》《果碟调》，白族的《道贺词》等；丧葬歌主要有白族的《守灵歌》《送丧调》，怒族的《送灵词》，普米族的《给羊子》（冗肯）等。

另外，有些习俗歌是与宗教有关的，如白族的《金宫娘娘回家调》、普米族的《祭三脚》等。有些习俗歌是与生产劳动有关的，如

石登乡

白族的《上梁词》《踩桥词》《建房动土词》等。

　　兰坪的情歌言简意深、优美动人。白族情歌主要有《小妹搭哥去》《小心肝》《三岔路口指路牌》《金鞍配龙马》《串金玲》等，傈僳族情歌主要有《掐菜舀水调》《追猎撵蜂调》等，汉族民歌主要分布在中排、河西两个乡镇，在其他乡镇各族群众中广为传唱。汉族情歌主要有《哪天才得同帮赶》《三十晚上小月亮》《马走十里为草好》《遇了遇了缠不开》等，普米族情歌主要有《铁打链环扣一生》《除非秤砣水面漂》等，彝族情歌主要有《甜蜜在一起》等。

　　兰坪的生活歌，主要揭露了过去的苦难，诉说对旧社会的仇恨，表达对幸福生活的向往。如白族的《老牛吟》《百姓心忧忧》《盐夫骂乌龟》《六杯茶》《苦情调》《世间女子做人难》等，汉族的《苦菜花》《春花调》《想娘调》《放羊调》等，彝族的《阿优阿支》《宁里阿牛》《务支和务牛》等。

　　兰坪的儿歌也比较丰富，主要有白族的《爸爸等你睡拢拢》、普米族的《要在家里乖乖玩》、汉族的《娃娃妈》等。

❶中央电视台"民歌中国兰坪周"里的白族那马人《耍开益》

❷中央电视台"民歌中国兰坪周"里的傈僳族民歌展示

民间音乐

　　兰坪的民间音乐种类繁多、形式多样，每个曲调的旋律各具特色，所反映的内容广泛，无所不歌，几乎贯穿着社会生活的方方面面。它是各族人民用以反映生活，抒发思想感情，表达理想愿望，标识和睦友爱，增加了解认识，相互给予安慰、激励的重要方式。它有着沟通心灵、引起情感共鸣的神奇功效。

主要可分为歌曲和器乐两类。

歌　曲

按其音乐体裁、表现内容及歌唱形式，歌曲可归纳为跳歌调、小调、山歌三大类别。跳歌调分排曲、散曲、对歌，一般短小精悍，朴实大方，节奏稳定，旋律流畅。根据舞蹈情绪的需要，可快可慢，灵活运用。小调可分为叙事歌、习俗歌、情歌。小调一类的歌曲，旋律平稳进行，起伏跳跃不大，节奏规整严谨，多为四句组成小段的分节歌结构，适于表现不同的内容。山歌分劳动歌和牧歌，主要在山野、牧场或行走时吟唱，曲调舒展、奔放、高亢、激昂，音域宽广，节奏自由，较多地使用自由式的延长音。歌唱时，常以不稳定的终止音结束乐段，为反复的歌唱造成律动感。

白族歌曲主要有山后曲、白族调、那马开益等。山后曲（或称"丝厄扣"）属五声音阶"六"调式、二段体的曲式结构，曲调较多地出现级进音程，因而显得婉转流畅，其中《白月亮白姐姐》最为著名。白族调，根据演唱内容及情感而随之起伏变化，格律是"三或七、七、七、五"。"开益"是那马人歌曲的总称，格律一般为"七、七、五"，曲式属五声音阶，也有近似六声音阶的，有九调十二韵，唱法又分为《喔开益》《耍开益》《搭开益》《作开益》等多种。丧俗中唱的分别有《嗡恐》《奴色施》《腊丝颚》《哦腊喂》等曲调。

普米族歌曲"哩哩"有三种唱法，一是叙事性的，如《巴扎》《裁色》；二是仪式性的，如婚俗中的《认亲调》《送亲调》；三是悲苦性的，如《可怜调》等。三种"哩哩"相互间的节奏、格律不尽相同，但音程关系及音律特点是共性的，格律一般是"九、七、七、七、七、七"六句段，偶尔有五句段和七句段，也有自由式的格律。"者"是与"哩哩"并存的曲调，在喜庆的节日和交际活动中传唱，如婚俗中的"拦门调"等。属祭祀性的有"拜龙调""冗肯"等。流传在金顶、啦井、通甸一带的"西番调"，曲式属五声音阶，二段体结构，宫调式、羽调式渗透在一起，音调委婉、抒情、悠扬，格律多为"三、七、七、五"或"七、七、七、五"。

傈僳族的歌曲主要有《摆时》《木刮》《优叶》等。《摆时》多为青年男女用以谈情说爱的歌曲，曲调奔放热情，声音高亢嘹亮；《木刮》曲调高亢激昂，也可以较为低沉或忧伤，多为一人领唱，二人或更多的人合唱，有时是对歌，歌唱的内容有叙事、苦情、生产劳动等；《优叶》曲调深沉、哀怨，在节奏和曲调的进行上与《木刮》有相似之处，特别表现在有装饰变音，一般亲友相聚时，相互倾诉婚姻家庭的不幸。

彝族歌曲有：婚礼中唱的《巴顶嗬》《都惹左》《阿嫫妞妞》《阿依呷嘎》等；丧葬时唱的《瓦兹勒》《层格》《阿合阿嘎拉》等，也有歌唱生活、爱情及母女情、兄妹情等方面的歌。

县内流传的汉族歌曲，主要反映苦情、交际、婚恋等内容，曲调各具风格特征，旋律优美动人。苦情歌中最使人感动唏嘘的是叙述孤儿、童养媳不幸的遭遇、悲惨的生存环境的歌，如《想娘调》《苦菜花》等；情歌是恋爱婚姻的媒介，男女双方通过绕山绕水式的盘问对答，试探对方，表达爱慕之情，最终达到山盟海誓、结为终身伴侣的目的。因此汉族的情歌深受青年人的喜爱，在境内各民族中广为流传。此外，还有赋予自然感情色彩的《采花调》《春花调》等，还有警世劝人的《戒赌调》等。

1. 白族民歌《白月亮白姐姐》

白族民歌是典型的农耕文明歌，"三、七、七、七、五"格律，是真正的"诗歌"，规范深沉。白族民歌"三腔九板十八调"，爱情苦情一起唱，如泣如诉，空灵苍凉。

中排乡

　　兰坪的白族民歌山后曲（丝厄扣），曲调优美流畅抒情，极富艺术感染力。

　　1956年，经白族词曲作家禾雨先生（丽江师范学校教师）在原曲基础上经过加工，推出了这首兰坪白族标志性的经典民歌——《白月亮白姐姐》。

　　1957年，在北京举行的"第二届全国民间音乐舞蹈文艺会演"上，请了丽江师范学校中师八班纳西族学生周琼芝演唱《白月亮白姐姐》，效果很好。周恩来总理听到后，特别兴奋，当即决定让这首白族民歌代表国家参加在莫斯科举行的"第六届世界青年联欢节"。《白月亮白姐姐》第一次把白族音乐推介到国际上，并获得了极高的赞誉。从此，《白月亮白姐姐》成为兰坪白族具有代表性的经典，传唱不衰。

　　2. 傈僳族多声部合唱

　　"盐不吃不行，歌不唱不得。"傈僳族是一个能歌善舞的民族，在长期的生产生活中创造出了独特的混声和多声部合唱民歌。傈僳族多声部合唱，于1996年应邀参加昆明第五届中国金鸡百花电影节，一经亮相，便引起轰动。随后，于1998年参加北京国际合唱节，1999年参加昆明国际艺术节。一时间，震动国际歌坛，享誉中外。

3.《盐马情歌》

《盐马情歌》是滇西北历史深处最凄婉的江湖绝唱。是盐马古道、茶马古道兴盛时期，马锅头、赶马人人生境遇的真实写照与苍凉悲歌。历史上，兰坪盛产盐巴，地名中凡是有"井"字的地方，都产盐。故此，兰坪的《盐马情歌》虽说只是滇西北众多版本中的一个，但却更接近地方风物与历史，也就更加别具韵味。

近年来，随着民族文化的不断挖掘与日渐兴盛，兰坪的《盐马情歌》已经成为传唱度极高的一首传统经典歌曲，在各种文艺活动中广为传唱。

民族的就是世界的。古老的民族才有古老的文化，古老的文化最具备民族性，它的价值是兰坪千百年来的历史积淀所体现出来的。没有文化的生命将随着时代的变迁而消亡，有生命力的文化会随着时间的流逝而越来越变得弥足珍贵。

器 乐

流传于兰坪民间的器乐曲斑斓多彩，虽然有些曲目由内地传入，但通过本地各民族艺人的吸收、融合后，使之成为别具韵味、富有乡土气息的作品。境内民间器乐可归纳为吹奏乐、弹拨乐、丝弦乐、打击乐四大类。

1. 吹奏乐

唢呐：多为木管铜号口，八个按音孔。唢呐曲分红事、白事、戏曲、杂调等四种，在不同的场合用不同的曲目吹奏。如红事方面就有《迎亲调》《拜堂调》《离娘调》等20余曲。

竹笛：傈僳族多用于歌舞伴奏，白族多用于吹奏洞经音乐和小调。

口弦：为竹制簧片，有单片、双片、三片、四片，彝族的口弦为铜簧片。每一簧片基音都可奏出五度泛音。境内各族妇女喜欢把口弦佩戴在胸前作装饰，空闲时消遣娱乐，传情达意。

2012年白族"二月会"展示普米族舞蹈《收获》

木叶：采一片绿叶含在嘴里，就能随心所欲地吹奏乐曲。

葫芦笙：用葫芦、竹管、竹簧片等制作，能吹奏五声音阶、六声音阶，主要用于傈僳族、普米族舞蹈伴奏。

2. 弹拨乐

分大三弦、小三弦、四弦和琵琶。体积大的三尺多，小的不足一尺。制作精细，桦木做杆，木瓜树做筒，羊肚或蛇皮蒙面。三弦音域宽广，一般定弦为内4度、外5度。其中白族的大三弦可自娱独奏，也可为歌曲伴奏；小三弦在各民族中均有流传，曲目繁多，有欢乐的，也有悲伤的，还可以为汉调伴奏；普米族的四弦琴，定弦为6136，用于舞蹈伴奏；傈僳族的琵琶，定弦独特，有6126、6236、1236等定弦法。弹奏的曲目多，大多是为舞蹈伴奏，部分曲调是模拟动物声响，如《蜜蜂调》等。

3. 丝弦乐

有京胡、二胡、南胡和傈僳族特有的"吉子"。除"吉子"外，其他弦乐均用于白族香火庙会期间，演奏洞经音乐和滇戏伴奏。

4. 打击乐

有锣、鼓、镲、钹等，与唢呐合奏，在喜庆的节日期间演奏，或为"龙狮灯舞"伴奏。

民间舞蹈

民间舞蹈是广大人民群众在劳作过程中创作和表演的，具有鲜明的区域及民族特色，可以展示出一个地区的文化传统、生活习俗以及精神风貌的群众性舞蹈。而绝大多数民间舞蹈采取的是歌舞相结合的集体舞形式。在艺术特色上，体现出生命

中央电视台"民歌中国兰坪周"普米族四弦舞乐展演

的自然性、浓烈的生活性，以及某些仪式化或者图腾崇拜。

少数民族都是天生的歌唱家和舞蹈家。过去，由于物质的匮乏、地域的封闭，人们主要的娱乐方式，就是聚在一起唱歌跳舞，所以，少数民族群众从小耳濡目染，会说话就会唱歌，会走路就会跳舞，人人都能歌善舞。

吸天地之灵气，集自然之大成，使人感受到生命的真实与震撼。

正是这些未经过系统、专业训练的少数民族的古朴表现，将原生态特色展示得淋漓尽致。这些舞蹈中蕴含着原始的生命态度，舞者为生命而歌、为生命而舞。这些舞蹈表达的人性的光辉与众不同，散发着一种巨大的自然能量。原生态舞蹈的拥有者本身就是与生产和生活最为接近的劳动民众，他们将文化生活中最为活跃的成分依托于舞蹈，进行一一传递，也促进了舞蹈文化的繁衍和传承。

（1）属自娱性、交际性的舞蹈有普米族的《搓蹉》和《芦笙舞》，彝族的《达替》，傈僳族的《欠哦》《刮齐齐》《刮来沙》《青沙刮》等。每种舞分别有六至十二套舞蹈。

这一类舞蹈，因不受时间、场合、人数的限制，加之舞蹈本身很适合娱乐、交际，又具有感人的艺术魅力，普遍受到人们的喜爱，因富有蓬勃的生命力而流传甚广。

自娱性、交际性舞蹈，具有感人的艺术魅力，普遍受到毗邻和杂居的其他民族的喜爱。每逢走亲访友、男婚女嫁、传统节日等集会时，在山野河谷，牧场或庭院，少则十几人，多则成百上千人，

不分老幼，不论民族，围着篝火，边歌边舞，通宵达旦，彻夜欢腾。通过舞蹈，不仅增进了各民族间的文化交流，而且还增进了相互之间的理解、友谊和团结。同时，舞蹈又是男女青年恋爱的媒介。在舞场上，一旦择定意中人，就用歌舞试探对方，相互邀请，披露心声，最终达到心心相印、难分难舍的境界。不少青年男女，就是通过这种方式自由恋爱，冲击封建包办买卖婚姻制度和民族间的偏见隔阂等界限，建立幸福美满的家庭。

（2）属礼仪型、模拟型的舞蹈在婚俗中表演的舞蹈主要有普米族的《仆瓦搓》、怒族的《上菜舞》、彝族的《笃子》；属表演型的集体广场舞蹈有白族的《龙狮灯》《鹿鹤同春》与《霸王鞭》。以上舞蹈，气氛热烈，场面壮观，给节日或喜庆活动增添了无比欢乐的气氛，适合人们喜庆、吉祥的心理需求和审美观。

反映劳动生产过程中，模拟禽兽动作和表现狩猎活动的模拟舞，俗称《生产舞》和《禽兽舞》，流传于傈僳族居住地

傈僳族舞蹈

白族那马人舞蹈
"稻草人看坝"

区，两种舞蹈分别有二十几套。模拟舞，将人们自己最熟悉的农事活动、狩猎活动，以艺术的形式，特别是以最适合表现动态的舞蹈加以表现，使人们司空见惯的事物经过加工后变得赏心悦目，富有寓意和象征性，给观众展现了一幅幅原始社会的狩猎、游牧、采集和农业生产的场景。

兰坪的少数民族善良、朴实，性格豁达、豪爽，待人热情、诚挚，大方好客。所以，兰坪民间舞蹈的最大共同点，就是随意性和即兴性比较突出。舞蹈随着舞者的年龄、性格、性别、生理条件的差异以及周围气氛的不同，而表现出不同的动作幅度及强弱状态，不同的情绪，不同的舞姿造型、韵律及风格流派。

（3）崇拜自然、祖先和英雄，渴望和平、自由与幸福，祈求人寿年丰。

长期以来，由于生存环境的恶劣，生产力低下和医疗条件的简陋，兰坪各族人民的宗教意识较为浓厚，遭灾患病时，只能求神拜佛、占卜打卦。在社会生活中，宗教犹如柴米油盐，成为人们赖以生存的精神支柱和不可或缺的生活内容。因此，宗教活动频繁。而这些宗教活动中，又包藏着丰富多彩的舞蹈形式，对当地文化艺术的传承，有着不可替代的作用。

宗教舞蹈庄严、神秘、原始，是古老的民族文化遗产。它像地下文物一样稀奇、隐秘且不易发掘，但由于社会和历史的原因，许多宗教文化活动，已随风而逝。

为娱神和禳鬼而举行的宗教舞蹈有普米族的《醒英搓》、怒族的《阿楼西杯》、白族支系那马人的《拜日旺》、彝族的《应瓷故》。古代先民，出于现实的需要和生存的希望，在与大自然长期做斗争的过程中，把舞蹈当作了进行巫术活动的灵物，并夸大和神化了其功能作用，将具有淳朴乡土气息、赞美劳动、表现生活和生产的舞蹈艺术，视为在特定的环境下具有神秘力量的东西，成了宗教仪式的组成部分。它隐含着各族先民希望认识自然与征服自然的朴素唯物观，同时也曲折地反映了人们在自然力面前软弱无能的悲观情绪，以及与其抗争的信心和寄希望于未来的复杂心理。

相信灵魂不灭，崇拜鬼魂而为死者举行的丧葬舞有：白族那马人的《哦腊威》、怒族的《细几沃》、傈僳族的《矢得得》、普米族的《寨细搓》、彝族的《瓦兹丽》等。跳丧葬舞的目的是让死者"魂归故里"，让亡灵回到民族的发祥地与祖灵团聚。他们相信，亡灵有了固定的归宿，有了理想的生活环境，过上了正常的生活，就会消灾祛邪，保佑后代子孙清吉平安、五谷丰登、六畜兴旺。因此，在舞蹈中，有的舞者背负死者生前的生产生活用具，以及粮种、畜种，表示将东西送往亡灵归宿的地方；有的手拄杵棍做艰难跋涉之状，表示指引和护送亡灵回归遥远的故里；有的挥舞长刀，表示披荆斩棘为亡灵开辟通往故里的道路；有的模拟禽兽和狩猎动作，再现游牧迁徙的历史过程，同时还暗示亡灵在途中如何行进、觅食、住宿等；有的还表现性爱，在祭奠死者的同时，还表达了繁衍人口、绵延种族的愿望。

舞蹈源于生活、民族的历史发展，以特有的方式体现不同民族特有的风土人情和生活情趣。模拟舞富有寓意和象征性，形象地展现出民族发展历史进程中，最原始的狩猎、游牧、采集和

普米族舞蹈"撞垮"

劳作场景。

　　模拟舞与原始先民的生产生活密不可分。模拟飞禽走兽的动作，是为了掌握、熟悉禽兽繁衍生息的规律，从而迷惑并接近对方，巧妙地与飞禽走兽周旋，并达到成功猎取的目的。模拟生产，同样是为了让全体成员理解、认识、掌握生产活动及规律，了解自然气象和季节变换，最终从大自然中获取丰厚的生活物资。总之，早先的模拟舞，是为了再现祖先惊险的狩猎、战胜凶禽猛兽的英雄壮举，以及顺应自然，与自然和谐相处，从而达到天人合一、丰衣足食的目的，表达凯旋与丰收的喜悦之情，感谢天地的慷慨与恩赐，朴素地体现出劳作如歌的美好与幸福。

　　祖先崇拜和万物有灵观念，使得古代先民把舞蹈当作一种进行巫术活动的灵

白族那马人民间歌舞《桥普开益》

物，在特定时期被赋予某种神秘力量，成为某些宗教活动仪式的组成部分，甚至夸大并神化其功能，用以取悦诸神和祖先，祈求赐福保佑、祛邪消灾，满足人寿年丰、平安顺遂的美好愿望和精神寄托。

丧葬歌舞的文化内涵。居住在兰坪不同区域的各少数民族都有一套繁缛的丧葬礼俗，作为活人对死者表达强烈情感的一种方式，它反映了人们的生死观。属于氐羌族群的白族、普米族、傈僳族、怒族，系由甘肃、青海、四川西部迁徙而来。丧葬歌舞不同程度地反映了民族迁徙的历史、路径。模拟舞就曲折地表现了古代先民游牧、狩猎、采集、开荒、耕种的历史图景。《送魂词》反映了迁徙的路线。而丧葬舞中，有的手拄杵棍，有的挥刀开路，表达的就是指引、护送亡灵"魂归故里"而披荆斩棘的艰难途程。

庄子鼓盆：现在我的妻子去世了，就像春夏秋冬一样自然，她已经安息在大自然的卧室里了，但是，如果我还大哭大闹，那我就不通达大自然的命理了……所以，我不哭……若没有一种超脱一切的心胸，来发现审美自然的理性直观，是无法达到这样的修为与境界的。

原生态民间歌舞是最自然质朴的表演，展现的即是各个民族的日常生活本身。他们从田间、地头、打谷场走到剧场，用歌舞诉说着整片大地的气象恢宏和关于土地与文明的诗篇。

这些经过漫长岁月传承下来的原生态的民间歌舞，饱含了最鲜活、最坚韧的生命原汁，绵延了自然至上的文化积累，以图腾文化、生命本体、人与自然和谐相处、民间生活为基调的表演，代表了原生态歌舞精神和文化内涵，折射出大地上朴实生活的诗意光辉。

原生态歌舞熠熠闪光的自然之美和民族文化之美，呈现出兰坪这片芬芳的土地传承下来的千年文化和世代祖先创造力的神奇伟大。

璀璨夺目的非遗文化

绿水青山，天地遗珠；一方山水，文化璀璨。春风化雨，滋养民族；世代歌吟，传承风雅。文化化人，生生不息。

非物质文化遗产是一个民族和地区历史的活的见证，保护非物质文化遗产，对传承文化血脉、维护精神家园、建设先进文化、构建和谐社会有极其重要的意义。

兰坪是"三江并流"地区多元民族文化的重要沉积地。千百年来，这块秀美如歌的热土上，多民族聚居的相互影响、渗透、融合、促进和变迁，孕育出极为富集的民族民间文化资源，积淀出源远流长、独特深厚而又瑰丽多姿的多元民族文化。以白族、普米族、傈僳族、怒族、彝族为主的各族人民，在长期的劳动生产和生活实践中创造并留下了许许多多优秀的民族文化传承，成为当代弥足珍贵的非物质文化遗产。

其中最具代表性的有：普米族的传统民间舞蹈《搓蹉》、丧葬祭祀音乐《给羊子》，傈僳族的民间音乐《摆时》《木刮》《优叶》，白族那马人的民间音乐《噢腊威》《噢开益》《拜日旺》，怒族的《阿楼西杯》等。在兰坪这块原生态气息尚在的大地上，如此丰饶的非物质文化遗产，怎不令人赞叹，令人欣慰，令人振奋与感慨呢？

罗古箐"普米情人节"上白腊农民艺术团《梅花舞》

中国当代舞蹈艺术的先驱者和奠基人之一、著名舞蹈艺术家、舞蹈教育家、中国舞蹈家协会名誉主席,被誉为"中国舞蹈之母"的戴爱莲女士,曾三进兰坪的罗古箐学习普米族舞蹈,把普米族的《搓蹉》舞带到山外,并在国际舞台上多次获得大奖。著名词曲作家陈哲先生在考察兰坪传统民间歌舞后惊叹:"普米族的歌声是中国乃至世界歌坛史上从未被发掘过的艺术珍品,其价值不可估量。"荣获中国舞蹈"荷花奖"银奖的普米族音乐舞蹈史诗《母亲河》的作曲及音乐制作者——云南艺术学院音乐学院院长刘晓耕教授说:"普米族是一个非常优秀的民族,他们的音乐就像一座含金量极高的矿藏。"

兰坪是一块古老与现代深切交织,传统与时尚并存,原生态多元民族文化极为丰饶神奇,且在一定程度上保存尚好,生机盎然的土地。在这片谜一般的土地上,繁衍、流传着谜一般的文化。留下了许多璀璨夺目的非物质文化遗产,充满着民族的文化自信,令人倍感欣慰和自豪。

国家级非物质文化遗产保护名录——普米族《搓蹉》

《搓蹉》，普米语，汉语意为"跳舞"。伴奏乐器为"比柏"四弦琴和打击节奏的羊皮鼓，因此又叫"羊皮舞"和"四弦舞"。《搓蹉》分为两个大的舞种，即开放式的和封闭式的《搓蹉》。开放式的《搓蹉》，属自娱性的舞蹈，在长期的生产生活中不断得到发展，久跳不衰。成为日常自娱自乐、交际喜庆以及大型活动中必不可少的主要舞种。不受时间、空间、人物道具的限制，传播面较广，参与的人从几十人至成百上千人皆可。传授至今的开放式《搓蹉》有十二套舞步。在兰坪县境内还有无伴奏的《搓蹉》，在白族、傈僳族、汉族聚居地，

还有发展变异的普米族《搓蹉》，足可见普米族《搓蹉》的吸引力和受欢迎的程度。

2008年6月《搓蹉》被列入国家级非物质文化遗产保护名录。

云南省非物质文化遗产保护名录

白族那马人民歌《开益》

民歌《开益》是那马人诗歌、歌谣的总称。用演唱的形式来表达。《开益》的音乐表现的方式各不相同，但可分为三个大类，即"搭开益""算开益""容开益"。主要是唱腔上的区别，演唱的发声方法各有不同。《开益》的历史渊源已无从考究，根据老艺人讲述，从小就听大人演唱，由家人的传授后逐渐掌握。白族那马人居住的村寨都有几个演唱技艺较高的艺人，担任一些重大场合演唱中的领唱。主要是演唱难度高的、有特殊内容的曲牌和各种仪式歌。《开益》的演唱内容几乎包含了白族那马人的生活内容，伴随一生。随着时代的发展，《开益》这一演唱形式也得到了较好的弘扬与发展，无论是节日，还是民间的红白喜事都离不开演唱《开益》。参与演唱的人也越来越多，并渐渐得到群众的喜爱。《开益》的演唱成为人与人之间的联系沟通、维系社会、思想感情的一种表现。

❶ 欢乐的普米族舞蹈《搓蹉》
❷ 白族那马人歌舞在联合国教科文组织第43届音乐理事会上展示

普米四弦琴合奏

2009年8月《开益》被列入云南省非物质文化遗产保护名录。

普米族《四弦舞乐》

普米族乐器"四弦"（或"羊头琴"），普米语称为"比柏"。主要用于普米族舞蹈《搓蹉》的伴奏。流传于兰坪县境内的普米族地区。四弦的历史已无从考证，民间流传着多种故事传说。普米族四弦在制作工艺、弹奏方法及演奏曲目等方面都独具特色。制作和弹奏的主要方式是师承、家传和个人自学模仿。四弦音色柔和，定弦多样，和音丰富，节奏富于变化，有多种弹奏技巧和曲目。四弦主要用于普米族舞蹈《搓蹉》的伴奏。舞步随弹奏的曲目和节奏的变化而变化，每一种节奏配以不同的调式。《搓蹉》的十二种舞步就是十二种调式节奏。十二调曲目和十二种舞蹈相结合。《四弦舞

普米族祭山神

乐》深受人们的喜爱，除用于《搓蹉》的伴奏外，四弦也在日常生活中做自娱性弹奏。弹奏的曲目不受限制，以弹奏者掌握的技能任意发挥。悦耳的音色、优美的旋律、明快的节奏与和声是其价值所在。

2006年5月《四弦舞乐》被列入云南省非物质文化遗产保护名录。

箐花村普米族传统文化保护区

箐花村普米族传统文化保护区位于兰坪白族普米族自治县西北面，隶属河西乡，地处河西乡东边，距河西乡政府所在地13千米，距兰坪县城77千米，交通方便。东邻丽江，南接德胜，西靠河西村，北连玉狮。全村土地面积124.03平方千米，海拔2500米，年平均气温10°C，年降水量850毫米，辖杂木

普米文化的重要传承地——火塘

沟、玉狮场等8个村民小组。属普米族聚居大村，历史悠久，传统农业、生活习俗和民族文化传承较好，有一批传承人，并有一定影响力和知名度。村寨地处"三江并流"世界自然遗产保护区腹地的高寒山区，依山傍水，附近有罗古箐、大羊场自然景区，森林覆盖率达85%以上，自然生态环境良好。民居建筑中井干式木楞房占82%，保持了普米族传统的建筑形式，村寨格局保持传统风貌。箐花村历史悠久，传统农牧业、服装服饰、饮食、民间歌舞、手工艺等保存情况良好。

2006年5月箐花村普米族传统文化保护区被列入云南省非物质文化遗产保护名录。

怒江州非物质文化遗产保护名录

普米族婚姻习俗

普米族以父系家庭构成社会的基本单位，过去受宗法势力、氏族观念的影响，都以同氏族聚居。遵行"父母健在，兄弟不分家"的说法。崇尚大家庭同堂共居，以四五代同堂为荣。普米族的婚姻普遍实行一夫一妻制。

普米族的婚姻，一般由父母做主，再征得子女的同意和家族赞成的形式进行，经过择偶、求亲、订婚到结婚的整套程序和礼仪来实现。结婚后，因夫妻感情不和而闹离婚的事例极少

上水俸村准备跳舞的普米族同胞

发生。订过婚的男子到了结婚年龄，父母和媒人便带上酒礼到女方家请求"借日子"办婚事，并商议有关事宜。婚礼前一天，男方要向女方家及其亲戚赠送礼品。

向女方家送的礼品是一口宰好的全猪、全羊，以及烧酒、黄酒、米面、小麦；向女方家亲戚及本村本氏族的其他人送的礼品是酒、红糖、肉等。司礼队由司礼、马夫、鸣枪手6人组成，用5匹挂红挂彩的马驮运礼品。

婚俗本身就是一种人类繁衍的过程。普米族婚俗从恋爱到结婚过程都是在歌、舞、乐中进行，同时，歌谣、神话、传说、故事、民间叙事长诗等各种文学样式，在不同程度上都与婚俗发生了联系。青年男女恋爱时唱情歌，在婚礼过程中除了唱"仪式"歌以外，还要即兴创作应对"场面"的歌。老者要演唱创世史，其目的不仅是将本民族的历史渊源、精神传授给后代，而且以此传承民族文化的灵魂。

在整个普米族婚礼仪式的举行过程中，传统礼仪形式、习俗《祭三角》、曲调演唱《认亲调》《开门调》《果碟调》《梳妆调》《离娘调》《送亲调》、舞蹈《踩毡角舞》《搓蹉》等

独具特色的文化活动是普米族婚俗的重要组成部分，也是普米族传统文化内容的综合展示。

2007年7月普米族婚姻习俗被列入怒江州非物质文化遗产保护名录。

怒族《阿楼西杯》

"阿楼西杯"，怒语意为吉祥幸福的歌舞。怒族信奉树神，各村寨都选一棵年代久远的松树或者栎树作为本寨祭祀的对象。他们相信树神能主宰一方的吉凶祸福。每年的正月初二和清明前后，要举行祭树神活动。届时，寨中男子云集树神周围，在祭司的带领下，向树神祭献一只大红公鸡或一只黑羊，及酒、糍粑等食物，祈求树神保佑风调雨顺、五谷丰登的好年景。尔后，大家手拉手围成圆圈，边唱边跳《阿楼西杯》。

2005年9月，怒族《阿楼西杯》被列入怒江州非物质文化遗产保护名录。

❶ 怒族少女
❷ 傈僳族少女

石登乡拉竹河村

石登拉竹河民歌《开益》之乡

拉竹河村保留了较为完整的白族支系那马人歌舞技艺，学习和传承氛围较好。村容村貌有白族支系那马人特色，特别是民歌《开益》在拉竹河村有较久远的历史，曾出现了多位在澜沧江两岸白族那马人聚居区较有影响的《开益》演唱艺人。在和有权（州级传承人）、余光妹（州级传承人）等人的带动下组建了拉竹河村那马歌舞文艺队（40 人），培养了一大批那马歌舞的表演者。文艺队经常组织到周边白族那马人村寨进行表演。近年来，多次参加州、县、乡组织的各种文化活动展演，并取得了较好的成绩。特别是以和有权带队的演唱组在云南省第八届民族民间歌舞乐展演中获得了《开益》演唱金奖。参加了在石林县举办的中国情歌大会。文艺队在怒江州第二十六届乡级农村文艺会演中取得了最好成绩。2012 年，在县文化主管部门的支持下建立了拉竹河村民歌《开益》传承点，2017 年 5 月，建设完成拉竹河村那马文化传习馆。

2017 年 11 月登拉竹河民歌《开益》被命名为怒江州非物质文化遗产保护名录。

河西乡共兴那马人传统文化生态保护区

共兴村委会是兰坪县境内白族支系那马人聚居区。《开益》是白族那马人诗歌、歌谣的总称。由于本民族没有文字，口头传承是白族那马人文化传承的主要途径。《开益》的传唱在共兴村有较久远的历史。2009 年白族支系那马人民歌《开益》被命名为云南省非物质文化遗产保护名录以后，共兴村委会业余文艺宣传队，积极弘扬传承民歌《开益》，多次参加省、州、县举办的民歌演出和比赛活动，并多次获得奖项。目前，有民歌《开益》的州、县级传承人 6 人。

民间习俗 共兴村每年农历二月都要举行"拜日旺"（跳二月）习俗活动。活动内容主要是祭祀和取悦自然神灵，以及缅怀和纪念为民造福消灾的祖先和民族英雄，并表达吉祥如意的愿望，祈求和平、长寿、富足的年景。"拜

❶ 那马人傩戏《拜日旺》
❷ 河西乡共兴村

河西共兴村盐马古桥

日旺"（跳二月）习俗活动，是古老的民间祭神祀佛和娱神祈神歌舞活动，同时也是进行商品贸易、物资交流，融宗教、文化、经济为一体的节日活动。共兴村曾经开采盐矿，1950年停止开采。作为盐马古道的一个起点，共兴村曾经繁华一时，热闹非凡，也是"拜日旺"（跳二月）习俗活动发展的鼎盛时期。因历史原因"拜日旺"（跳二月）习俗活动一度停办。

古建筑民居 共兴村现在还保留着上百年的四合院民居、石板路、煮盐房。周围环境和格局没有受到太多破坏。

古　桥 共兴村坐落在四面环山之中，共兴河从南向北穿过村庄，河上建有六座风雨桥，其中两座木桥、四座石桥。从村尾到村头依次是回乡、六甲、降龙、迎凤、官坪、五星风雨桥。至今，古桥遗址大多数还在，有的还在使用。

古寺庙 共兴村有6座古寺庙，村尾的西山梁子上建有

❶ 情人树
❷ 普米族少女

古老的三寺：大佛寺、地母寺、观音寺。村头的东山上建有三庙：本主庙、龙王庙、山神庙。还有盐井旁的白龙神庙，塑有发现盐井的琼玛姆和她的牛。

古　树　共兴村生态环境优美，绿树成荫，村庄被茂密森林掩映着，共兴河穿村而过，进入村中给人一种置身于江南水乡的感觉。水乡的秀美，山乡的奇美，在共兴村集于一身。村中生态植被保护完好，有16棵古柏树，经县林业部门鉴定，古柏树的树龄已在1200年左右，也被列入县级古树保护名录。

古遗址　共兴村开采盐矿已有千年的历史，留下了古盐井、古石板路、古戏台、古石桥等遗址。近年来，村里把古盐井、古石板路逐渐恢复。

共兴村是白族支系那马人传统文化的集中表现地，保留了较为完整的白族支系那马人民间传统文化，学习和传承氛围较好。村容村貌有白族支系那马人特色，交通条件日渐完善。

2017年11月，河西乡共兴那马人传统文化生态保护区被列入怒江傈僳族自治州非物质文化遗产保护名录。

云南省非物质文化遗产项目代表性传承人（8人）

（1）杨根保，男，普米族，1935年8月出生，河西乡箐花村人。擅长普米族传统祭祀习俗的主持和传承。2007年4月被命名为云南省普米族传统祭祀习俗项目代表性传承人。

（2）李全文，男，白族，1971年10月出生，营盘镇黄柏村人。擅长白族支系那马人民歌《开益》演唱与传承。2007年4月，被命名为云南省白族民歌《开益》项目代表性传承人。

（3）杨文锦，男，普米族，1964年2月出生，河西乡联合村人。擅长普米族四弦舞乐的制作及弹奏。2014年8月，被命名为云南省普米族四弦舞乐项目代表性传承人。

（4）李海术，女，普米族，1976年2月出生，通甸镇龙潭村人。擅长普米族四弦舞乐的制作及弹奏。2014年8月，被命名为云南省普米族四弦舞乐项目代表性传承人。

（5）和文全，男，白族，1937年3月出生，营盘镇黄柏村人。擅长白族支系那马人民歌《开益》演唱与传承。1999年10月，被命名为云南省民族民间音乐师。2007年8月去世。

（6）和发元，男，普米族，1918年4月出生，通甸镇德胜村箭杆场村人。擅长普米族传统古歌演唱。1999年10月，被命名为云南省民族民间音乐师。2010年9月去世。

（7）杨国栋，男，普米族，1926年4月出生，河西乡箐花村人。擅长普米族传统古歌演唱。2007年4月，被命名为云南省普米族传统祭祀习俗项目代表性传承人。2012年12月去世。

（8）羊瑞臣，男，白族，1936年10月出生，金顶镇文兴村人。擅长白族民间泥塑、面塑制作研究。1999年10月，被命名为云南省民族民间工艺美术师。

怒江州非物质文化遗产项目代表性传承人（16人）

（1）熊文宽，男，普米族，1947年6月出生，兰坪县通甸镇龙潭村委会人。擅长普米族《四弦舞乐》弹奏及传承。2013年7月，被命名为怒江州非物质文化遗产项目代表性传承人。2016年8月去世。

（2）杨瑞林，男，怒族，1954年5月出生，兰坪县兔峨乡兔峨村人。擅长怒族民间歌舞、祭祀的传承。2005年9月，被命名为怒江州非物质文化遗产项目代表性传承人。2011年12月去世。

（3）龚庆章，男，白族那马人，1943年5月出生，兰坪河西乡共兴村人。擅长白族支系那马人民歌《开益》演唱及民俗活动传承。2013年7月，被命名为怒江州非物质文化遗产项目代表性传承人。

（4）和求顺，男，普米族，1950年5月25日出生，兰坪县通甸镇德胜村委会人。擅长普米族传统祭祀仪式及婚礼仪式主持与传承。2013年7月，被命名为怒江州非物质文化遗产项目代表性传承人。

（5）和勇，男，普米族，1984年8月出生，兰坪县河西乡箐花村人。擅长普米族传统舞蹈普米"搓蹉"表演与传承。2013年7月，被命名为怒江州非物质文化遗产项目代表性传承人。

（6）估丽茸咪，女，普米族，1985年4月5日出生，兰坪县河西乡箐花村人。擅长普米族传统舞蹈普米《搓蹉》表演与传承。2013年7月，被命名为怒江州非物质文化遗产项目代表性传承人。

（7）杨仕全，男，普米族，1954年8月出生，兰坪县河西乡箐花村人。擅长普米族传统《四弦舞乐》制作与传承。2005年9月，被命名为怒江州非物质文化遗产项目代表性传承人。

（8）杨伍兰，男，白族，1963年5月出生，兰坪县啦井镇桃树村委会人。擅长普米族传统《四弦舞乐》制作与传承。2005年9月，被命名为怒江州非物质文化遗产项目代表性传承人。

（9）和庆荣，男，白族，1963年5月出生，兰坪县啦井镇桃树村委会人。擅长普米族传统《四弦舞乐》制作与传承。2005年9月，被命名为怒江州非物质文化遗产项目代表性传承人。

（10）褚占堂，男，傈僳族，1957年4月出生，兰坪县营盘镇金满村委会人。擅长傈僳族民歌演唱与传承。2005年9月，被命名为怒江州非物质文化遗产项目代表性传承人。

（11）和友权，男，白族那马人，1965年10月出生，兰坪县石登乡拉竹河村人。擅长白族支系那马人民歌"开益"演唱与传承。2005年9月，被命名为怒江州非物质文化遗产项目代表性传承人。

（12）杨玲美，女，普米族，1989年10月出生，河西乡玉狮厂村人。擅长普米族《搓蹉》表演唱与传承，2013年被命名为怒江州非物质文化遗产项目代表性传承人。

（13）余光妹，女，白族那马人，1968年3月1日出生，兰坪县石登乡拉竹河村人。擅长白族支系那马人民歌《开益》演唱与传承。2013年7月，被命名为怒江州非物质文化遗产项目代表性传承人。

（14）和建平，男，白族那马人，1971年4月19日出生，兰坪县营盘镇黄柏村人。擅长白族支系那马人民歌《开益》演唱与传承。2013年7月，被命名为怒江州非物质文化遗产项目代表性传承人。

（15）和加全，男，傈僳族，1972年9月出生，兰坪县营盘镇拉古山村委会人。擅长傈僳族民歌演唱及传承。2017年11月，被命名为怒江州非物质文化遗产项目代表性传承人。

（16）和九贵，男，普米族，1983年5月出生，兰坪县河西乡联合村委会人。擅长普米族舞蹈普米族《搓蹉》表演唱与传承。2017年11月，被命名为怒江州非物质文化遗产项目代表性传承人。

中国少数民族非遗文化传承的成功样本：兰坪普米族文化传习小组

2002年至今，兰坪普米族文化传习小组的非遗传承工作，已经走过了风雨漫长的十六年艰难行程，成为中国少数民族非物质文化遗产传承的一个缩影。而斐然的成绩，更是成为中国少数民族非物质文化遗产传承的一个成功样本。

说到兰坪的非遗文化，提到兰坪的普米族文化传习小组，有一个人无法绕过，这个人叫陈哲。

2002年11月，曾传唱一时的《黄土高坡》《同一首歌》《让世界充满爱》的词作者、著名词曲作家、音乐人陈哲走进兰坪，开始了一个音乐人的梦想，在他的"西行计划"中，将关注和挖掘兰坪普米族文化作为重头戏来抓。为了抢救和保护民间文化的血脉，十多年来，陈哲先生始终致力于原生态民歌的保护和收藏工作，从摘果子的人努力做种果子的人。

兰坪的普米族文化传习小组在官方支持和民间的持续关注之下，组建伊始就一直致力于少数民族歌舞乐民间传承模式的探索。传承人年龄大多都是在30岁以下的本民族青年，他们对本民族的文化形态，有着最直观的感受。普米族民间歌舞、乐器、文化（包括纺织、祭祀、古歌、生态礼俗）等，作为传承的重要突破口，从生活上升到艺术，从零散的原始表达上升到有意识的集中展示，口耳相传的非遗，得到了很好的传承。

2004年，兰坪普米族文化传习小组获准列入文化部（现为文化和旅游部）《中国民族民间文化保护工程》试点，成为国家文化保护工程第一个特批的民间申报试点。之后，普米族文化传习小组成员陆续发展到40多人。以"学在村里，演在城里"的方式，通过向村寨老人学习，不断挖掘和传承普米族的原生态文化，不断整理和创新节目。十多年里，小组成员先后受邀到北京、上海、四川、香港、澳门及法国等地参与各种规模的公益和商业演出。此外，还经常参与全国各大高校的文化交流，使小组成员奠定了较为丰富的理论根基。

市场的带动、地方文化的热情参与和社会的关注，使传习小组能够在物质层面得到基本保障，原生态艺术形式不断得到固化，社会认可度越来越高，也得到了不同层面的重视。国家领导人李长春、刘云山、刘延东、顾秀莲等同志，接见过小组成员；传习小

组的经典传承节目也被中文国际频道、央视纪录片频道、地方各级电视台等各类主流媒体大量报道。

2012年，在地方党委、人民政府的鼓励和支持下，兰坪普米族文化传习小组注册登记了土风文化发展协会，并以此为平台，不断巩固和发展民族文化传承的成果，而且在更广阔的空间中，致力于民族文化的挖掘、保护、传承、研究和发展工作。在传习小组的文化传承成果中，普米族原生态羊毛纺织工艺、古羌遗裔传统仪式、《四弦舞乐》、口弦谱系、舞蹈《搓蹉》十二调、山歌、传说、"寨西搓"仪式、"巨树森林家园"等传承项目，社会影响好，传承成绩斐然。

在历史长河中沉淀下来的民族文化，总需要有人去传承，民族的记忆，也必须用一定的形式去延续，传习小组以十多年锲而不舍的努力和不懈的探索，为云南少数民族文化传承，提供了一个成功样本。传习小组成员出版了《普米歌声悠悠扬》母语专辑，荣获了2012年"宣传兰坪突出贡献奖"，参加了电影《归途》和《普米传统婚俗》的拍摄。多名小组成员还先后获得省级、州级和县级官方颁布的"普米族传统文化传承人"称号。2014年春节，受法国官方邀请，赴法开展了文化交流。在法国里昂白苹果广场进行展演，使普米族歌舞乐中那些极具个性的文化特质，走向世界舞台。

五谷留下了种子，种子播下了田畴，种子发出了新芽。春

土风计划传承小组演奏普米口弦舞乐

种秋收，生活才能殷实，五谷丰登，民族才能兴旺。

传统民族文化的传承，就更应如此。而非遗传承，就是要让古老的文化之大树，在春风化雨中枯木逢春，重新发芽，开枝散叶，枝繁叶茂，绿意盎然。因为，在时代大潮的摧枯拉朽之下，传统民族文化更容易受到冲击，更容易破碎、消亡。如不切实际地保护，就很难得以流传后世。

鲜活的非遗在村寨，留住非遗靠大家。非遗传承，是全人类、全社会的共同责任。

优秀的传统民族文化何其珍贵，未来的非遗文化传承之路更加宽阔，也更富有挑战性，需要更多的少数民族青年，投入更多的热情，身体力行地去实践。因为只有民族的才是世界的。因为只有多元的民族文化，才能为人类提供多元的色彩、多元的智慧和精神的涵养，来探求经世的策略，来寻找幸福的密码。

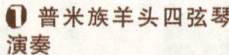
❶ 普米族羊头四弦琴演奏

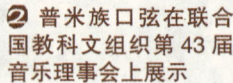
❷ 普米族口弦在联合国教科文组织第43届音乐理事会上展示

艺术殿堂舞蹈诗　问鼎"荷花"《母亲河》

大地声响，远古吟唱；一曲挽歌，奏响兰坪。民族史诗，艺术名片；荣登殿堂，问鼎"荷花"。

兰坪，是一块神奇秀美的土地，是一块能够产生梦想也能够实现梦想的土地。

兰坪是全国唯一以普米族命名的自治县。普米族的"山岳生态文化"被誉为世界和谐文化的典型，具有人类生存适用文化的意义。

毋庸置疑，兰坪是一座民族文化资源的富矿，具有开发民族文化资源、发展民族文化产业的巨大优势和潜力。普米族大型音乐舞蹈史诗《母亲河》，自创作并公演以来，好评如潮，屡获大奖。集中展示了兰坪极为丰富的传统民族民间文化艺术的强大优势和深厚的价值魅力，无可争议地成为兰坪文化艺术里程碑式的经典品牌。

2002年1月17日晚8：00时，在兰坪历史上投入最多、历时一年多进行创作，倾注了太多人心血和汗水，人们期待已久的第一部普米族大型音乐舞蹈史诗《母亲河》首演，盛况空前。

2003年2月，在云南省庆祝、宣传十六大新剧（节）目展演

迁徙

中,《母亲河》获得金奖及四个单项奖,一炮打响春城。

2004年2月,当上海艺海剧院的大幕在音乐声中徐徐开启,当整个剧作以恢宏的气势、动人的旋律、独特的语汇,以诗一般的激情和浪漫,倾泻而出,志在必得的《母亲河》更是成为一匹脱颖而出的黑马,一举在上海荣获第四届中国舞蹈"荷花奖"银奖,震动中国舞蹈界,引起了全国文艺界和各新闻媒体的广泛关注。先后有一百多家报刊和广播电视等媒体从不同的角度和视点报道过《母亲河》,更使《母亲河》名声大噪,备受瞩目。

《母亲河》是一条源自民族心灵的河流,是一条回荡在民族灵魂深处的河流。这条生生不息的河流,翻腾着民族的期盼与追求。

她从远古走来,她从北方走来,她记录着每次迁徙的磨难与艰辛,她更见证着死的永恒与生的辉煌!

《母亲河》从一开始就在创作手法和表现形式上定位成舞蹈诗,用诗化的叙事手法再现了普米族的历史、文化与民风民俗,用普米族独有的音

养育

乐元素和独特的舞蹈语言,充分展示了普米族的生命孕育、繁衍生息、火塘传说、辛勤劳作、狩猎与迁徙、篱笆恋情和打歌欢庆等壮观场面,展现了勤劳的普米族人民顽强的生命力和强大的凝聚力。表达了普米族人民热爱自然、热爱生活和对幸福美好生活的向往,也充分体现了普米族人民只有在中国共产党的领导下,只有在社会主义的怀抱里,只有在中华民族这个大家庭里,才能赢得欣欣向荣和真正的幸福生活这一主题。

普米族音乐文化中深深蕴含的民族精神力量和独立的民族文化品格,充满着普米族一脉相承的骨血和深厚的历史渊源。

当厚重而又深沉的红色金丝绒大幕在极具震撼力的音乐声中徐徐展开,当一幅由高山、河流、森林、大地、鲜花构成的仙境般的巨大画面在舞台上呈现,人们立刻就被这如梦似幻而又似曾相识的场景所吸引。再加上具有魔幻效果的灯光烘托,人们在如痴如梦的视听感受中,看到了纯净、圣洁,天人合一,看到了远古、从前,看到了母亲和孩子,看到了古老与传承,看到了生与死、情与爱,看到了劳动与收获,看到了艰难的迁徙和最终的安居乐业,看到了一个民族的历史、现在和未来,看到了繁荣与希望……

《母亲河》充分体现了普米族文化的精髓。整台舞蹈诗以动情的歌舞表演和迷人华丽的乐章,全面反映了普米族同胞的生活习俗和民族风情,气势磅礴,壮丽宏大。可以说是普米族文化史上具有史诗性意义的巨作。无论舞美、音乐、灯光和服饰的设计都让观众耳目一新。

当《母亲河》在古朴、悠远而又凝重的《哩哩》叙事古歌中拉开序幕时,当由青山、河流、森林、草甸、花海构成的大自然的美景展现在人们面前时,人们仿佛来到了普米族山寨。而随着剧情的展开,人们在母亲河、劳作颂、火之韵、篱笆恋、生之魂五个乐章里,看到了《母亲河》所演绎的普米族的渊源——生产、生活、迁徙、繁荣、兴旺、追求时,人们在情

❶ 海螺的故事
❷ 篱笆恋

不自禁中了解这个民族的勤劳与勇敢、强悍与善良、苦难与奋斗、历史与现在、追求与未来，人们在情不自禁中爱上了这个民族的深沉与豁达、乐观与开朗。其实，从本质上来说，《母亲河》表现的并不仅仅是一个民族的历史与文化，而是整个人类共同经历过的苦难历史与沧桑变迁，不屈抗争与理想追求，甜蜜爱恋与美好生活，殷切期望与未来憧憬。这才是《母亲河》所要诉说、体现和表达的一切，这才是《母亲河》之所以感人肺腑、动人心魄的真正内涵。

《母亲河》由"母亲河""劳作颂""火之韵""篱笆恋""生之魂"五个乐章组成。在凝重的普米族叙事古歌声中，一条清亮的河流从混沌而遥远的天际蜿蜒而来。人类常把河流比作母亲，因为河流灌溉着山野，滋润着大地，沐浴着故土，孕育着生命。而群舞的少女们时而像河流浪花，时而像春藤野花，表现了母亲河畔大自然的蓬勃生机。《母亲河》不仅从开篇就体现了整个剧作的主题思想，表达出普米族人热爱自然、崇拜自然，与自然和谐共生的传统文化本质，而且在表达方式上更突出了舞蹈诗特有的浪漫、激情和无比美感。在极度的诗意中讴歌了母亲，颂扬了生命和自然万物。在群舞正酣之后戛然而止中，"母亲"在聚光映照下出场并成了整个舞台的焦点。"母亲"吸吮着日月之精华，沐浴着天地之神奇，秉承着万物之灵气，孕育着母性的芳华。随着音乐变得苍劲激越，在母亲刚劲强烈的舞蹈中，一阵婴儿响亮的啼哭声在天地间回荡，普米族儿子诞生了。普米族儿子在母亲河畔，在母性和大自然的呵护下，一个、两个、三个，一群粗犷健壮的普米族儿子出现在舞台上，他们在同大自然的抗争和狩猎中，茁壮成长。一段成年礼的帽子舞，风趣而浪漫，他们是那样的纯朴、剽悍、乐观、豁达，一开始便牢牢地抓住了人们的视线。人们从这段舞蹈中，感受到了生命的蓬勃朝气和青春的激情张扬。

在剧中，母亲与河流既是母性的象征，也是民族血统渊源的象征，更是普米族人勤劳、智慧的象征。在如流的岁月中，母亲带着普米族儿女们，用劳作和汗水耕耘着理想的家园。当母河吟诵的这

流淌的母亲河

片大地，在春华秋实中，终于捧出了沉甸甸的收获，那不正是普米族人民用心血和汗水谱写出的大地诗篇吗？！剧作深刻地揭示了世界上没有净土也没有乐土，只有辛勤的劳作才会赢得收获。

一个没有经历过苦难的民族不能说是成熟的民族，一个战胜不了苦难的民族不能算是坚强的民族。火塘边，一位老者的诉说，道出了普米族人的迁徙之途。作为羌之遗裔的普米族，历史上曾经历过数次艰辛的民族大迁徙，从青海到川西，从川西到滇西北，一路迎风斗雪、翻山越岭、历经磨难，终于在金沙江、澜沧江、怒江"三江并流"之地，创建了平静、安宁的定居生活。从此，他乡成故乡，兰坪最终成为普米族生活和精神的家园。

清风明月下，牧场围栏边，坠入爱河的普米族姑娘和小伙，心在碰撞，情在激荡，正吟唱着一首爱的歌谣。一段"篱笆恋"的双人舞，可谓新颖独特，其中既没有以往双人舞的程式套路，也鲜见人们所熟悉的动作，更没有泛用的托举。它以极富普米族色彩的方式，独到地用普米族农田、牧场上常见的栅栏做依托，一对恋人在篱笆栅栏上巧妙地上下起舞，轻盈对话，像一双翩然翻飞的蝴蝶，缠绵悱恻，诉说衷肠，诗意浪漫

直达幸福的彼岸。构思非常巧妙,手法极富艺术张力。

《搓蹉》是普米族舞蹈的总称。一代又一代的普米族人,随着"龙跳舞"的节奏一同打歌,打出了生命的欢乐,打出了生活的灿烂;随着"龙摆尾"的欢快舞步,踏出了普米族人的幸福与憧憬。在节奏明快、激昂飞扬的"龙跳舞"旋律中,普米族儿女所有的理性、情感和心灵都在浓缩、在铺展、在升华,群情激奋地追寻着更加美好的明天。一条注入了母亲永恒生命的民族长河,激情澎湃,涌动着一泻千里的气势。既表现出普米族人那自强不息、奋进开拓的精神风貌,又传递出作为普米族人的那份自豪与骄傲,把整个舞蹈诗推向了最后的高潮,台上台下产生了强烈的共鸣。

舞蹈诗《母亲河》堪称诗的篇章。它抒情、写意、含蓄、凝练。以诗化的结构,富于诗意的篇章和艺术形象,以及与诗意的表达贴切呼应的音乐、舞美,让《母亲河》似一条时而宁静舒缓,时而激流翻涌的河流,充满诗情画意而又富有生命哲理地在观众的眼前缓缓流过。让人们的情感随着河流起伏的波澜时而温馨,时而壮阔,犹如一幅笔墨舒展的画卷,又如一曲旋律流畅的赞歌。同时,整个作品充满了情感的张力。

❶ 第四届中国舞蹈《荷花奖》舞蹈诗银奖奖杯
❷ 普米酒歌

它以母亲为主线贯穿首尾、前呼后应地展现普米族的历史，刻画普米族的性格，挥洒普米族的精神风貌。将普米族这个不为外界所知的边疆少数民族与自然相融的生存状态、色彩绚丽的生命情调铺展于舞台之上，既给人以风雨沧桑的历史纵深感，又具有激昂向上的时代特征，令人观后荡气回肠。

《母亲河》注重结构、气氛及色彩的对比，每一个段落都呈现了一种典型的艺术氛围。如"母亲河"的意境营造，"狩猎舞"的古拙纯朴，"帽子舞"的风趣幽默，"劳作舞"的酣畅浓烈，"迁徙"和"火葬"的历史厚重，"篱笆恋"的优美抒情，"龙跳舞"的热烈欢腾等等。总之，每个段落都有所侧重，又相互呼应，形成了在整体布局上的张弛有度，意蕴深长。

《母亲河》最终不负众望，一举荣获"荷花奖"银奖，张彦平荣获个人表演奖。《母亲河》的获奖，证明了怒江兰坪这样一个县级艺术团，也同样可以来到全国最高级别的舞蹈艺坛上和同行交流自己本民族的文化。

《母亲河》的获奖，为兰坪、为怒江、为云南争得了荣誉，受到了云南省委原副书记丹增等同志及广大观众的高度赞誉。丹增曾说过，我们一无背景，二不走后门拉关系，但一样能获奖。这说明《母亲河》是凭借自己的实力获奖的，也体现了"荷花奖"的客观公正。

《母亲河》是兰坪文艺创作史上一个里程碑式的大制作。《母亲河》是兰坪县认真贯彻落实"三个代表"重要思想和十六大精神的必然成果；是深入贯彻落实云南"建设民族文化大省"发展战略，不断深化文化体制改革，加快文化产业发展的优秀成果；是兰坪县建设全国民族文化先进县、云南文化产业发展示范县，重点实施"六个一"文化精品战略工程结出的最大硕果。

《母亲河》是兰坪最亮丽的一张艺术名片。

后 记

　　金秋十月,是收获的季节,《文化怒江·兰坪》圆满收笔,这是兰坪文化艺术工作中又一大成果,应当恭喜庆贺!

　　《文化怒江·兰坪》是记录兰坪文化精髓、对外展示兰坪文化名片的高品位书籍,也是全省各县同规格、同版式的文化类系列出版物。这是中共怒江州委宣传部统一部署、统一实施的文化工程,质量要求相当高。因此,这是一项庞大而艰巨的任务,对于具体执行的编撰工作者是一次严峻的挑战。

　　我们长期生活工作在兰坪,但当我们回望兰坪,以历史的观点、文化的视角重新审视兰坪时,有一个问题常常让我们思考:兰坪的文化定位到底是什么?也就是兰坪向世人展示什么样的文化名片?此书就是回答这个关键问题的。传承兰坪文化,推介兰坪文化,弘扬兰坪文化,是兰坪文化工作者长期以来的愿望与梦想,有机会承担这项工作,是光荣的使命,也是不可推卸的责任!

　　兰坪历史悠久,马鞍山、玉水坪和圆宝山古人类遗址见证了它远古的足迹。兰坪的先人,在这块宝地上繁衍生息,开垦着历史的灿烂!他们在横断山脉纵谷区赶着一支支马帮,在澜沧江流域的盐马古道上,悠然地从蛮荒走向现代文明。

　　兰坪,恰到好处在进入"三江并流"区域东西两边最捷径的南端位置上,被称为"三江之门"。兰坪因拥有亚洲第一大铅锌矿床,又被称为"中国绿色锌都"。独特的地理区位优势、丰富的自然资源,为兰坪的腾飞插上了强有力的翅膀,在澜沧江峡谷上空翱翔!

　　兰坪,是一个民族文化多元性的典型区域,是全国唯一的以普米族命名的民族自治地方，是白族支系那马人古老文化的沉积地，是傈僳族传统文化的保留区，是滇西北南北民族文化碰撞的交汇点。以白族、普米族、傈僳族、怒族、彝族为主的各族人民，在长期的劳动生产和生活实践中创造并留下了许许多多优秀的民族文化，成为弥足珍贵的非物质文化遗产。

为了更好地把握兰坪文化的精髓，推介精准，保证质量，中共兰坪县委宣传部高度重视此卷的编撰工作，邀请了云南人民出版社文化读物编辑部主任海惠一行到兰坪调研并指导工作。指导组与兰坪文化界人士代表进行了座谈，听取了许多宝贵建议，然后与编撰工作者相互交流、认真梳理，从兰坪的历史、自然、人文三大方面大体敲定了三大章和具体篇目，编撰工作者根据实际情况，确定了二十四个篇目的目录。通过反复论证，大家一致认为，这三章基本反映了兰坪区别于其他地方县市的地理区位、民族文化的独特性。兰坪，具有值得大写特写的文化亮点，"三江之门"是无法替换的文化名片。

为了按时、按质、按量完成编撰任务，中共兰坪县委常委、宣传部部长李翼鸿，宣传部副部长李春华部署安排，成立《文化怒江·兰坪》编撰办公室，从有关单位抽调对兰坪文化熟悉又有较强写作能力的四位骨干，成立工作组，并承担具体的编撰任务。他们是兰坪县教育局干部、散文作家和中健，负责兰坪历史和民风民俗部分；曾经任职兰坪县文化局局长、民族文化学者蔡武森，负责兰坪地理分布和自然资源部分；兰坪县党史研究室干部、县作家协会主席和瑞梧，负责兰坪澜沧江开发和非物质文化遗产部分；兰坪县文联主席、中国作家协会会员和四水，负责兰坪盐马文化和主体民族介绍部分。需要说明的是，四位同志同时还承担了本单位的工作，但他们分工协作，同心协力，兢兢业业，加班加点，克服了种种困难，按出版社的要求高质量地完成了任务。

此卷不是史志类的资料书，是一卷以文化大散文形式书写的文化精品，写作难度大。为了使内容与相关史志相统一，表述准确，编撰工作者参阅了《兰坪白族普米族自治县县志》《兰坪县情简明读本》《兰坪风物志》《怒江文史资料选辑》《兰坪文史资料》《创业兰坪文丛》《鸡鸣古道》等大量的资料性书籍。为了提高本书的可读性和文学性，有的同志反复修改，修改次数达七次以上。蔡武森同志对全书的图片搜集整理做了大量的工作，对全书的图片做了全面的编辑。整卷最后由和四水统稿，对重复与多余的章节内容适当地做了调整和删减，并且写了后记，花了不少心血！

感谢中共兰坪县委、县政府的高度重视以及编撰者原单位的大力支持，为编撰工作提供了良好的工作条件。感谢社会各界人士的积极参与，特别是摄影工作者提供了各类珍贵的图片，保证了图文并茂的风格要求，从而使此卷圆满完成。

诚然，兰坪文化博大精深，此卷无法面面俱到，只是侧重介绍，会有遗漏之处。请各界人士谅解并批评指正！

《文化怒江·兰坪》编委会